KB115229

침략자 장편소설

FUSION FANTASTIC STORY

작가

정규현

작가 정규현 B

침략자 장편소설

초판 1쇄 찍은 날 § 2018년 12월 4일
초판 1쇄 펴낸 날 § 2018년 12월 11일

지은이 § 침략자
펴낸이 § 서경석

총괄팀장 § 최하나
편집책임 § 김슬기

펴낸곳 § 도서출판 청어람
등록번호 § 제387-1999-000006호
등록일자 § 1999. 5. 31
어람번호 § 제1-2982호

주소 § 경기도 부천시 부일로 483번길 40 서경B/D 3F (우) 14640
전화 § 032-656-4452 팩스 § 032-656-4453
http://www.chungeoram.com
E-mail § chungeorambook@daum.net

ISBN 979-11-04-91887-2 04810
ISBN 979-11-04-91746-2 (세트)

침략자 장편소설

FUSION FANTASTIC STORY

8
[완결]

작가
정구현

도서출판
청어람

작가 정규현

Contents

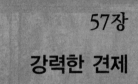

57장

강력한 견제

　"지난주까지만 해도 문학 왕국의 연재 작가들이 크게 동요하는 모습을 보이지 않았습니까? 그런데 갑자기 이탈자가 줄어들고 전체적으로 안정된 모습을 보이는 거죠? 혹시 파악된 사항 있습니까?"

　문학 왕국에서 형석이 주요 연재 작가들의 움직임에 대해 보고를 받고 있던 만큼, 규현 또한 가람북 연재란 이용자들, 즉 연재 작가들의 움직임을 보고받고 있었다.

　문학 왕국은 다른 곳이었기 때문에 자세한 정보는 알 수 없었지만 당장 눈에 보이는, 업로드되는 연재 작품 수와 커뮤니티를 통해 알 수 있는 전체적인 분위기 등을 하은을 통해 보고받고 있었다.

지난주까지만 해도 동시 연재 금지의 여파로 인해 문학 왕국에서 이탈하는 연재 작가들의 수가 제법 많은 것으로 확인되고 있었고, 주요 장르 커뮤니티 등에서의 문학 왕국에 대한 여론은 좋지 않았다. 하지만 이번 주로 넘어오면서 상황이 반전된 것으로 보였다.

"하은 씨, 뭔가 파악된 것 있습니까?"

규현이 커피를 한 모금 마시며 하은을 보고 물었다.

문학 왕국의 분위기가 바뀌었다는 것은 정기 회의 전에 약식 보고를 받아서 알고 있었지만 자세한 상황은 몰랐다.

약식 보고를 할 당시 하은이 정기 회의까지 자세한 내용을 정리해서 보고하겠다고 해서 기다렸기 때문에 오늘에서야 보고받을 수 있었다.

하은은 고개를 끄덕이며 보고서를 향해 시선을 내렸다.

"먼저 양해를 구하겠습니다. 회의 시작 직전에 보고서가 완성되었고, 인쇄기가 고장 나는 바람에 제 것밖에 인쇄하지 못했습니다."

"괜찮으니까 계속하세요."

규현이 계속할 것을 재촉하자 하은은 고개를 끄덕이며 입을 열었다.

"인쇄가 가능해지면 제대로 된 보고서를 올리겠지만 우선 구두로 간단하게 보고를 드리자면 문학 왕국이 종이책 사업을 진행하고 있는 것 같습니다."

"그럴 리가……! 문학 왕국 사이트에는 아무런 공지도 올라오지 않았는데요?"

규현은 현재 치열한 경쟁을 벌이고 있는 문학 왕국 사이트를 매일같이 확인하고 있었는데 종이책 관련 내용 공지는 없었다.

보통 사업 내용을 공지로 올리는 경우는 드물지만 현재 문학 왕국의 상황으로 볼 때 이탈하는 연재 작가들을 붙잡기 위해 종이책 사업 계획을 밝힐 수도 있다고 규현은 생각했다.

"문학 왕국이 공지를 통해 공개적으로 밝히진 않았지만 작가들과 독자들이 주로 이용하는 커뮤니티에서 평소 신뢰도 높은 정보를 공유해 온 이용자가 문학 왕국의 종이책 사업 관련 내용을 올린 모양입니다."

"커뮤니티요?"

"네. 소문은 순식간에 퍼져서 지금까지도 관련 글이 계속해서 베스트 게시글 상위권에 랭크되거나 계속 언급되는 등 꽤나 시선이 집중되고 있습니다."

"그 커뮤니티가 어딥니까?"

규현이 하은을 보며 질문했다. 백문이 불여일견, 직접 확인하고 싶었다.

"아마 대표님도 알고 계실 것이라고 생각됩니다. '판타지 커뮤니티'입니다."

판타지 커뮤니티. 규현도 잘 알고 있는 커뮤니티였다. 요즘은 활동하지 않지만 과거 무명 시절에는 꽤 자주 활동했었으니까.

"판타지 커뮤니티 확인 좀 하겠습니다. 잠시 실례할게요."

회의 진행을 위해선 판타지 커뮤니티를 확인할 필요가 있었다. 다른 사람들도 그것을 잘 알고 있기 때문에 회의 중 규현이 스마트폰을 꺼내는 것을 모두 이해하는 표정이었다.

"추천 조작 흔적이 있네요. 아무래도 문학 왕국에서 개입한 것 같습니다."

판타지 커뮤니티에서 꽤 오래 활동한 적이 있는 규현은 추천 조작의 흔적을 어렵지 않게 찾아낼 수 있었다.

"추천 조작 같은 게 가능하다는 말입니까?"

칠흑팔검이 물었다. 판타지 커뮤니티 시스템을 확실히 모르는 그에겐 생소했다.

"추천 조작이라는 거 생각보다 별거 아닙니다. 그냥 아이디만 몇 개 있으면 됩니다. 문학 왕국이 조직적으로 움직였다면 당연히 아이디를 5개 이상 동원할 수 있었을 테니, 추천 조작은 쉬웠겠죠."

일단 일정 수의 추천을 받아서 베스트 게시글에 올라가게 되면 꽤 오래 메인에 노출되기 때문에 판타지 커뮤니티의 이용자 대부분이 볼 수 있게 된다.

규현은 판타지 커뮤니티의 이용자 수를 정확히 모르지만 국내에서 가장 큰 장르 문학 커뮤니티라는 것은 알고 있었다. 그리고 그 이용자의 대부분은 장르 문학 작가와 독자였다.

특히 흔히 말하는 출간이나 유료 연재를 하지 않은 작가들도 많이 있었기 때문에 파급력은 가히 엄청나다고 할 수 있었다.

"이미 소문이 퍼질 대로 퍼졌겠군요."

"네, 대표님. 아무래도 국내 작가들의 활동이 가장 활발한 커뮤니티다 보니 빠르게 소문이 퍼지고 있습니다. 그 때문에 종이책을 노리고 동시 연재의 이점을 포기한 채 문학 왕국에서 연재를 계속하기로 결정한 작가들이 많아진 것 같습니다."

하은의 대답에 규현은 고개를 끄덕이며 입을 열었다.

"아무래도 그럴 수밖에 없겠죠. 종이책은 특히 신인 작가들에게 로망이나 다름없으니까요."

일부의 경우 종이책을 출간할 경우 정산 비율의 조정될 수도 있기 때문에 기성 작가들은 종이책 출간을 딱히 선호하지 않는 경우도 있었지만 신인 작가들은 대부분 종이책 출간에 많은 의미를 두고 있었다.

문학 왕국은 여러모로 괜찮은 자체 매니지먼트를 두고 있었고 최근 대형 이북 플랫폼인 북페이지와 협력하면서 여러 의미로 작가들에게 선호되는 곳이 되었다.

유일한 단점은 종이책 출간이 거의 불가능하다는 것이었는데, 그것도 이젠 해결되었으니 호랑이에 날개를 달아준 꼴이었다.

"이제 저희도 대책을 마련해야 합니다. 문학 왕국이 승부수를 띄웠으니, 저희도 움직일 필요가 있습니다."

당장 대책을 마련할 필요가 있다고 하는 칠흑팔검의 말에 가만히 앉아 있던 상현의 눈동자가 반짝였다.

"저희도 종이책 사업을 진행하죠!"

그는 호기롭게 외쳤지만 규현은 고개를 저었다.

"종이책 사업은 하지 않는 게 좋다고 생각합니다. 문학 왕국이야 업계에 오래 있었으면서 종이책 사업에 필요한 여러 루트를 확보한 상황이지만 저희는 그야말로 바닥에 시작해야 합니다. 그래서 비용이 많이 들어갈 수밖에 없는데, 이 비용을 전자책에 투자하면 더 많은 수익을 창출할 수 있을 겁니다."

규현 대신 칠흑팔검이 설명했다.

"차라리 다른 방법이 더 좋을 것 같습니다만……."

"다른 방법이라면 무엇을 말씀하시는 건가요?"

상현의 질문에 칠흑팔검은 대답하는 대신 고개를 돌려 규현에게 시선을 보냈다. 그의 시선을 느낀 규현은 미소를 지었다.

"역시 저와 같은 생각이신가 보네요."

"그런 것 같습니다."

칠흑팔검도 미소를 지었고 상현은 궁금한 표정이었다.

"칠흑팔검 작가님도 생각하신 것 같지만, 보다 쉽게 종이책 사업을 진행할 수 있는 방법이 있습니다."

규현이 말했다. 모두의 시선이 그에게 향했다.

"현재 저희 상황에서 종이책 사업을 진행하는 건 힘들 텐데요?"

하은의 말에 규현은 입가에 미소를 머금은 채 입을 열었다.

"제이엔 미디어입니다."

"아!"

"그런 방법이 있었군요!"

규현의 입에서 제이엔 미디어의 이름이 나오기 무섭게 눈치가 빠른 사람들은 그 의미를 깨닫고 탄성을 자아냈다.

상현과 석규는 이해하지 못한 표정이었기 때문에 규현은 설명을 위해 차분하게 입을 열었다.

"협업을 제안하는 겁니다. 기존의 제이엔 미디어와 종이책 협업을 강화하는 것이죠."

"좋은 방법인 것 같아요."

상현의 말에 규현은 고개를 끄덕였다.

"하지만 중요한 건 제이엔 미디어에서 승낙해야 가능하다는 거지."

"그렇다면 제이엔 미디어 대표님과 만나보셔야겠네요."

"네, 하은 씨. 회의가 끝나는 대로 전화해 볼 생각입니다."

제이엔 미디어와의 종이책 협업은 이미 하고 있기 때문에 전체적으로 원만한 관계를 유지하고 있었다.

군이 비교하자면 파란책 다음으로 좋은 관계를 유지하고 있다고 볼 수 있었다.

"일단 문학 왕국 종이책 사업 건은 오늘 논의해야 할 건 끝난 것 같습니다. 남은 건 제이엔 미디어와 대화를 끝내고 다시 이야기를 나눌 필요가 있을 것 같습니다."

다들 동의하는 표정으로 고개를 끄덕였고 규현은 말을 이어가기 위해 입을 열었다.

"다음 안건으로 넘어가죠."

다행히 남아 있는 안건도 얼마 없었고 심각한 내용도 아니었기 때문에 30분도 걸리지 않아서 정기 회의가 끝났다.

"먼저들 나가보세요. 전 잠시 통화 좀 하고 나가겠습니다."

서류를 정리하고 회의실에서 나가려던 직원들이 창가로 가서 서 있는 규현의 모습에 잠시 머뭇거렸다. 그러자 규현은 스마트폰을 들어 올리며 잠시 통화를 한 후에 나가겠다고 했다. 그제야 직원들이 모두 회의실을 빠져나갔다.

"하아."

쌓인 피로를 한숨에 담아 날려 보내고 창문을 살짝 열어 상쾌한 바람을 맞으며 규현은 제이엔 미디어 대표 박대수에게 전화를 걸었다.

—네.

"가람 정규현입니다."

—아……! 정규현 대표님이셨군요! 그때 명함을 받고 연락처 등록을 하지 않아서 미처 몰랐습니다.

대수는 규현의 전화를 반갑게 받았다. 그는 규현을 작가가 아닌 대표라고 부르고 있었다.

작가보다 사업자로 생각하고 있는 것이다. 그럴 수밖에 없었다. 규현과 대수의 연결 고리는 주로 사업이었으니까.

"갑작스럽게 전화해서 죄송합니다. 지금 잠시 통화 가능하시겠습니까?"

—정규현 대표님이라면 언제라도 괜찮습니다, 하하하.

제이엔 미디어는 전자책 시장보다는 종이책 시장에 주력하는 출판사였다.

종이책 시장이 저물고는 있지만 아직 인기 있는 작품들은 꽤 잘 팔리기 때문에 제이엔 미디어에선 여전히 종이책을 많이 출간하고 있었다.

하지만 종이책은 기본적인 투자가 있어야 하는 사업이다 보니 종이책이 많이 안 팔리는 현재에 와선 종이책 출간을 선별해서 할 수밖에 없었다. 즉, 인기가 검증된 제이엔 미디어의 작품이나 다른 출판사의 작품을 출간하는 것이다.

가람을 포함해 종이책 출간 능력이 없는 매니지먼트들은

제이엔 미디어의 제안을 흔쾌히 받아들였고 그들로 인해 제이엔 미디어는 저무는 종이책 시장에서 제2의 전성기를 누리고 있었다.

그래서 매니지먼트 대표들에게 신경 쓸 수밖에 없었다.

"하하하, 농담이라도 그런 말씀하시면 부담스럽습니다."

―농담 아닙니다, 하하. 그리고 사실 지금 여유롭습니다. 일이 없어서 책을 읽고 있던 참이었습니다.

"아, 독서 중이셨습니까?"

―네. 최후의 흑마법사를 읽고 있었습니다.

속이 훤히 보이는 말이었지만 기분이 나쁘진 않았기에 규현은 슬쩍 미소를 지으며 회의 때 미처 다 마시지 못한 식은 커피를 한 모금 마셨다.

"최후의 흑마법사면 아주 재밌겠군요."

―네. 아주 재밌습니다. 그나저나 오늘 이렇게 갑자기 전화를 하신 이유가 무엇인지 여쭤봐도 되겠습니까?

대수는 슬슬 본론을 말해줄 것을 규현에게 요청했다. 지금 당장 일이 없다고는 하지만 그도 사업하는 사람이었기 때문에 쓸데없는 이야기로 시간을 낭비할 수 없었다.

언제나 전화가 올 것에 대비해야 진정한 사업가라고 그는 생각하고 있었기 때문이었다.

"실은 조만간에 만났으면 좋겠습니다. 최대한 빠른 시일 내에… 가능하면 이번 주면 좋겠군요."

—이런… 어쩌죠. 이번 주는 일정이 비어 있는 날이 없습니다.

정말로 곤란하다는 목소리였다. 거짓말을 할 이유도 없었지만 거짓말은 아닌 것 같았다.

"이번 주는 일정이 비어 있는 날이 없다는 말씀이십니까?"

—예, 그렇습니다.

규현은 눈살을 찌푸렸다.

시간이 생명이었다. 가능하면 이번 주에 확답을 받고 진행하는 게 좋았다. 어디까지나 예상에 불과하지만 판타지 커뮤니티에 조직적으로 언급된 것으로 보아 곧 문학 왕국의 첫 번째 종이책이 출간될 것 같았다.

—혹시 지금이라도 시간이 되신다면 저는 가능합니다.

규현의 고민이 전달된 것일까? 대수는 대안책을 제시했다.

"정말이십니까?"

—예. 지금 당장은 시간이 됩니다. 하지만 그렇게 시간이 많은 건 아니에요. 늦은 시간에 판타지 제국 출판사 대표님과 소주를 한잔하기로 해서 말입니다.

그렇게 말하며 대수는 말끝에 판타지 제국 대표와의 약속 시간을 붙였다.

"그 정도면 충분합니다. 지금 가겠습니다."

약속 시간을 들은 규현은 즉시 창문을 닫고 회의실을 나오며 말했다. 시간은 충분했다.

—그럼 어디서 만나 뵐까요?

"제가 제이엔 미디어 사무실로 가죠."

—사무실로 오시겠다면 저야 좋지만… 이제 곧 퇴근 시간인데 다른 곳에서 뵙는 게 좋지 않겠습니까?

"아… 무슨 말씀인지 알 것 같습니다. 그럼 어디서 뵐까요?"

규현은 대수의 말을 바로 이해할 수 있었다.

대표가 늦게 퇴근하면 부하 직원들의 퇴근 시간도 대부분의 경우 늦어질 수밖에 없었다. 대수는 그것을 우려하고 부하 직원들을 배려하고 있는 것 같았다.

—저희 사무실이 있는 건물 바로 앞에 작은 카페가 있습니다. 사람도 많이 오지 않는 곳이니 그곳에서 뵙죠.

"그쪽으로 가겠습니다."

—네.

전화 통화를 끝낸 규현은 퇴근 준비를 서둘렀다. 슬슬 더워지기 시작하는 시기였기 때문에 겉옷은 입고 다니지 않았다. 그래서 퇴근 준비를 빨리 할 수 있었다.

책상을 간단하게 정리하고 노트북을 가방에 넣으니 준비가 끝났다.

"작가님, 저 먼저 제이엔 미디어 대표와 중요한 이야기가 있어서 먼저 가보겠습니다. 끝나면 바로 퇴근할 수도 있을 것 같으니… 정리 부탁드립니다."

"알겠습니다."

칠흑팔검의 대답을 듣기 무섭게 규현은 사무실을 나와 주차장으로 향했다. 이른 시간은 아니었지만 6월이라 그런지 아직 어둡지 않았다.

운전석에 탑승한 그는 제이엔 미디어 사무실로로 차를 운전했다.

퇴근 시간이라서 교통 사정이 좋지 않았다. 그래서 생각보다 늦게 도착한 그는 약속 장소인 근처 카페로 향했다.

카페 안으로 들어간 눈동자를 이리저리 굴려 주변을 탐색했다. 제이엔 미디어의 대표인 박대수를 만난 적 있었기 때문에 얼굴을 알고 있었다.

"박대수 대표님!"

얼마 지나지 않아서 규현은 대수를 찾을 수 있었다. 테이블에는 규현의 몫까지 커피 두 잔이 올려져 있었고 그는 규현을 의식한 건지 최후의 흑마법사 2권을 읽고 있었다. 그는 규현의 목소리에 반응해 책을 덮고 의자에서 일어났다.

"아! 정규현 대표님."

대수는 규현을 보며 가볍게 손을 흔들었다. 규현은 그를 보며 가벼운 미소를 보이며 화답했다. 그러고는 그의 앞으로 가서 앉았다.

"꽤 오래 기다리신 것 같은데… 죄송합니다. 도로 사정이 좋지 않아서요."

"저도 방금 왔습니다. 하하하."

대수는 그렇게 말했지만 실상은 그렇지 않다는 것을 규현은 잘 알고 있었다. 커피 잔의 얼음이 많이 녹아 있었다.

주문해서 나온 지 오래 되었다는 것이다. 그것은 그가 기다린 시간이 제법 길었다는 것을 의미했다.

"한데, 무슨 일로 이렇게 급히 만나자고 하신 겁니까?"

대수는 의자에 앉아 커피잔을 들어 올리며 규현을 보며 물었다.

"오늘 밤에 약속이 있으시다고 하니, 본론으로 바로 들어가겠습니다. 괜찮겠지요?"

"바로 본론으로 들어가면 저야 좋지요."

규현은 양해를 구했고 대수는 흔쾌히 고개를 끄덕이며 바로 본론으로 들어가도 좋다고 대답했다.

"종이책 출간 협업을 조금 더 강화하고 싶습니다."

"강화? 라면… 정확히 어떤 것을 말씀하시는 것인지……?"

대수가 물었다.

"현재 종이책 협업은 제이엔 미디어에서 요청하여 저희가 원고를 요청하는 형식으로 진행해 왔었죠?"

규현의 말에 대수는 대답 대신 고개를 끄덕였다.

제이엔 미디어에서 잘 팔리는 작품을 선별하여 원고를 요청하면 매니지먼트에서 원고를 넘겨주고 종이책 출간이 진행된다.

반대의 경우도 있지만 대부분의 경우 규현의 설명처럼 진행된다.

"이 경우 제이엔 미디어에서 부담하는 비용이 꽤 되는 것으로 알고 있습니다."

"아무래도 종이책 사업이다 보니 비용이 적지 않죠. 그리고 그 비용을 매니지먼트에 요청하면 원고를 주지 않는 경우도 있으니까요."

대수는 미소를 지으며 커피를 입가로 가져가 마셨다.

"저희가 부담하는 비용을 늘리겠습니다. 대신 저희가 요청하는 작품을 모두 종이책으로 출간해 주시죠."

"부담하시는 비용을 늘리신다면 저희야 환영인 제안이죠. 그런데 어느 정도 규모로 출간 제안을 하실 생각이십니까?"

대수가 신중하게 물었다.

비용 부담을 늘리겠다고 했지만 전액을 부담하겠다고 한 게 아니기 때문에 제이엔 미디어에서 부담하는 비용은 여전히 존재했다.

무작위로 아무 작품이나 출간할 경우 손해를 볼 수 있다는 말이었다.

"상당히 많은 작품의 위탁 출간을 진행할 예정입니다."

"그럼 조금 곤란하군요. 대표님도 사업하시는 입장이니 아시겠지만 손해는 최소화해야 합니다. 가뜩이나 종이책 시장이 어두워서 우수 작품만 출간하고 있는 상황입니다. 말씀하시는 거 보니까 대부분의 작품을 종이책으로 출간하고 싶으신 것 같은데… 그럼 저희도 손해가 막심하기 때문에 힘듭니다."

규현의 설명을 들은 대수는 다소 부정적인 태도를 보였다.

대수는 사업가였기 때문에 손해가 확실히 보이는 일에는 손대지 않는 주의였다. 그리고 규현의 제안은 손해가 확실히 보이고 있었다.

"걱정하지 마세요. 손해는 저희가 부담하겠습니다."

"그렇다면 이야기가 달라지겠군요."

"하하."

누가 사업가 아니라고 할까 봐 손해를 부담하겠다는 말을 하기 무섭게 태도를 바꾸는 대수였다. 그 모습에 규현은 어색한 웃음 소리를 흘렸다.

"그런데 조금 의아합니다. 손해까지 부담하실 정도면 직접 종이책 출간 사업을 진행하셔도 되지 않습니까?"

"사실 저는 대여점 협회와 관계가 좋지 않습니다. 이렇게 다른 출판사 이름을 빌려서 가람의 작품을 내면 그들도 조사를 따로 하진 않아서 그런지 몰라도 그냥 넘어가지만 가람에서 직접 책을 출간하면 문제가 생길 수도 있습니다."

거짓말이었다.

출판사로 전향하게 되어 버리면 종이책 출간을 당연히 원하는 작가들이 늘어날 것이다. 종이책 시장이 지고 있는 지금 시점에서 이런 행보는 위험했다.

"하긴… 출판사 이름만 바꾸면 모른 척 넘어가는 게 이 바닥 관행이기도 하니까요."

다행히 대수는 규현의 말을 믿는 것 같았다.

"그럼 계약서가 완성되기 전에 자세한 이야기를 들어볼까요?"

"시간 괜찮겠습니까? 밤에 술 약속이 있다고 하지 않으셨는지?"

규현의 물음에 대수는 미소를 지으며 스마트폰을 들어 올렸다.

"약속은 취소하면 됩니다. 지금 이 일이 더 중요한 것 같군요."

제이엔 미디어의 대표 박대수. 그는 때론 중요하다고 생각되는 일을 위해서라면 적당히 약속을 취소할 줄도 아는 남자였다.

*   *   *

제이엔 미디어의 대표 박대수와 종이책 사업과 관련된 것을 포함해 여러 깊은 이야기를 나눈 규현은 새벽 1시쯤에 오피스텔로 돌아올 수 있었다.

오피스텔에 돌아온 규현은 1시간 동안 차기작 시놉시스를 작성하고 지우고를 반복하다가 새벽 2시 30분쯤에 침대에 누워 잠에 빠졌다.

그리고 늦은 오전에 일어난 그는 사무실로 출근했다.

"좋은 아침입니다."

사무실에 출근한 규현은 대표실로 향하며 직원들에게 간단한 아침 인사를 건넸다. 그러던 중 그는 이상한 점을 하나 발견했다.

"하은 씨가 없네요?"

하은이 아직 출근하지 않은 것이다. 지금은 출근 시간이 한참 지난 데다가 절대 지각한 적이 없을 정도로 성실한 하은이라면 이미 책상 앞에 앉아 업무를 볼 준비를 하고 있을 시간이었다.

"잠시 전화 통화를 한다고 옥상에 올라갔습니다."

칠흑팔검이 설명했다. 그녀의 자리를 자세히 살피니 가방이 있었다.

"이 시간부터 전화 통화라… 하은 씨도 바쁘네요."

규현은 입가에 희미한 미소를 지으며 옆에 살짝 기대었다. 그리고 얼마 지나지 않아서 사무실 문이 열리고 하은이 걸어 들어왔다.

"대표님!"

"통화는 끝났어요?"

"네. 꽤 신뢰도 높은 정보를 하나 알아냈습니다."

하은의 규현의 옆에 섰고 규현은 몸을 돌려 그녀를 향해 시선을 옮겼다.

"말해보세요."

"문학 왕국의 이름을 내세운 첫 번째 출간작의 정보를 알아 냈습니다."

"정말입니까?"

규현의 두 눈이 반짝였다. 만약 정확하다면 훌륭한 정보였다.

규현은 작가들의 스탯을 대부분 꿰고 있으니, 그에 맞춰 압 도적인 견제가 가능한 작가를 선별하여 비슷한 시기에 내보낼 수 있었다.

"예. 문학 왕국 영업팀 최진한 팀장으로부터 나온 정보입니다."

"경쟁사 직원인 하은 씨에게 쉽게 정보를 말해주던가요?"

규현의 물음에 하은의 입가에 미소가 번졌다.

"물론 아니죠. 최진한 팀장의 여자 친구가 저와 아주 친한 사이입니다. 오늘 오전에 제가 전화를 걸어서 어렵게 캐물었 습니다. 거짓말에 약하고 워낙 입이 무겁지 않은 친구라서 쉽 게 알아낼 수 있었습니다."

"그럼 보고해 주시겠습니까?"

"예. 우선 문학 왕국의 이름을 걸고 첫 번째로 출간될 작품 은 기계 작가의 레이드 머신입니다."

"기계 작가는 오성 북스와 계약 중이지 않았습니까?"

규현이 물었다.

"얼마 전에 신작인 레이드 머신을 문학 왕국과 계약한 것으로 알고 있습니다."

하은의 설명에 규현은 고개를 끄덕였다.

자가들의 스탯은 꼼꼼하게 확인하는 편이었지만 그에 비해 소속된 곳이 어디인지는 자세하게 살펴보지 않는 탓에 이런 경우에는 둔감했지만 기계의 작가 스탯과 레이드 머신의 스탯은 확실하게 기억하고 있었다.

'작가 스탯과 작품 스탯 둘 다 A였었지… 아마도.'

기계의 작가 스탯은 A급이었지만 그는 B급 작품 이상은 쓰지 못했었다.

무슨 변화가 있었는지, 아니면 운이 좋은 것인지 모르겠지만 기계에게 있어서 A급 작품은 이번이 처음인 것으로 알고 있었다.

오성 북스와 계약하기 전에 기계 작가의 작품이 상당히 괜찮다는 것을 보고 문학 왕국에서 먼저 좋은 조건을 제시해서 데려온 것 같았다.

"레이드 머신은 저도 읽어봤는데 괜찮은 작품이었습니다."

가까운 곳에서 듣고 있던 칠흑팔검이 말했다.

규현은 고개를 끄덕였다. 그도 레이드 머신은 읽어본 적이 있었기 때문에 어떤 작품인지 대충 알고 있었다.

그의 기억이 정확하다면 기계 작가의 레이드 머신은 국내에서만 흥행할 수 있는 여러 요소를 집어넣어 상업적인 측면을 강화한 현대 판타지 소설로 작품성은 거의 없다고 봐도 좋았다.

원래 장르 소설에서 작품성을 찾는 것은 힘들었지만 레이드 머신은 그게 특히 심했다. 그래도 상업성에 집중한 덕분인지 현재 문학 왕국에서 순위는 4위였다.

"출간일은 언제라고 하던가요?"

"확실하진 않습니다만 들어본 정보를 종합해 볼 때 7월 초가 가장 유력합니다."

"7월 초면 6월 말에 배본하겠군요."

"예. 아마도 그렇게 될 것 같습니다."

하은의 대답에 규현은 고개를 끄덕였다.

"그런데 생각보다는 종이책 출간 속도가 느리네요."

문학 왕국의 분위기가 좋지 않아서 종이책 출간을 서두를 것이라 생각했는데 생각보다 안정적이었다. 가람에서도 비교적 여유롭게 종이책 출간을 준비할 수 있을 것 같았다.

"시간에 맞춰서 원고 확보할 수 있겠죠?"

"네, 충분합니다."

규현의 질문에 칠흑팔검이 대답했다.

이미 유명 작가들의 작품은 제이엔 미디어를 통해 종이책으로 출간되고 있었다.

종이책 출간 규모를 늘린다는 것을 어필하기 위해선 새로 계약한 작가 중에서 괜찮은 스탯을 가진 작가의 작품을 출간할 필요가 있었는데, 1, 2권을 동시에 출간하는 현재 시장의 특성 때문에 원고를 확보해야만 했다.

"후보는 일전에 보고 드렸던 3명입니다. 어떤 작가의 작품을 먼저 종이책으로 출간할 생각이십니까?"

칠흑팔검의 말에 규현은 기억을 더듬어 후보 3명의 스탯을 떠올렸다.

"아무래도 잔혹가무 작가로 하는 게 좋을 것 같습니다."

잔혹가무 작가는 새로 계약한 작가 중에 유일한 작가 스탯 A급 작가였다.

그가 가람북에서 잠깐 동안 연재했던 작품은 B급 정도였지만 규현은 그의 작가 스탯을 보았고 우선적으로 만나 계약했다. 그리고 같이 작품을 기획해서 A급 작품을 만들어냈고, 현재 인기리에 연재 중이었다.

"그럼 잔혹가무 작가에게 이 사실을 전달하겠습니다."

"네, 부탁드립니다."

종이책을 출간할 경우 전자책 정산 비율이 조정되는 경우가 있어서 종이책 출간을 원하지 않는 작가들도 있지만 대부분의 경우 자신의 작품이 책으로 만들어지는 것을 원하기 때문에 잔혹가무도 거절하지 않을 것이라 생각되었다.

게다가 그가 만약 종이책 출간을 거절한다 해도 아직 2명의 후보가 남아 있었다.

두 작가의 작품들은 스탯이 B급으로, A급인 레이드 머신과 전면전을 벌이기엔 무리가 있었지만 가람에서 제이엔 미디어와 종이책 협업을 확대한다는 것만 알리면 되니 크게 상관은 없었다.

"잔혹가무 작가도 종이책 출간 사실을 반기고 있습니다."

규현이 짧게 고민하는 사이 잔혹가무에게 전화를 걸어본 칠흑팔검이 그의 의사를 사무실의 모두에게 전달했다.

"제이엔 미디어에 이 사실을 전달하고, 잔혹가무 작가님에게 속도 조금 올려달라고 하세요. 분량이 확보되어야 종이책을 낼 수 있으니까요."

문학 왕국이 종이책 출간을 진행한다는 사실로 인해 연재 작가들이 흔들릴 것을 생각하면 문학 왕국보다 종이책을 빨리 출간하거나 늦더라도 최대한 빨리 출간하는 게 여러모로 좋았다.

"지금 전달하겠습니다."

하은은 제이엔 미디어가 종이책 출간 준비를 갖출 수 있도록 전화를 걸기로 했다. 그녀는 스마트폰을 꺼내면서 회의실 안으로 들어갔다.

"잔혹가무 작가님에게 확실히 전달하겠습니다."

칠흑팔검이 말했다.

잔혹가무의 집필 속도는 느린 편이 아니었기 때문에 그가 노력해서 속도를 조금만 낸다면 문학 왕국보다 먼서 종이책을 출간할 수도 있을 것 같았다.

"상현아."

"네, 형."

아침이라 바쁘게 일을 처리하고 있는 상현을 규현이 불렀다. 상현은 잠시 일을 중단하고 대답과 함께 규현을 향해 시선을 옮겼다.

"판타지 커뮤니티에서 아직 활동 중이지?"

상현은 쉽게 대답하지 못했다. 예전에 규현이 커뮤니티 활동은 쓸데없다고 하지 말라고 한 적이 있었기 때문이었다.

당연한 이야기지만 그는 지금까지 판타지 커뮤니티 활동을 하고 있었다.

"괜찮으니까 솔직하게 말해. 필요해서 그러니까."

판타지 커뮤니티는 가입 날짜를 볼 수 있었다. 그렇기 때문에 의도적인 홍보 활동임을 숨기기 위해선 가입한 지 오래된, 최근까지 활동을 한 계정이 필요했다.

"네. 사실은 가끔 활동하는 계정이 하나 있긴 있어요."

"좋아. 다들 판타지 커뮤니티에 계정을 만들어주세요."

상현에게서 확답을 듣기 무섭게 규현은 사무실 사람들에게 판타지 커뮤니티에 계정을 생성해 줄 것을 부탁했다.

상현의 계정으로 가람의 종이책 사업에 관련된 글을 올리고 사무실 사람들을 동원하여 추천한 뒤 베스트 게시글로 만들어 많은 이용자들에게 노출시킬 생각이었다.

게시글을 올린 사람의 아이디는 노출되기 때문에 조작 의혹을 피하려면 오래 활동한 계정을 사용하는 게 좋았지만 추천은 아이디가 노출되지 않기 때문에 새롭게 생성된 계정을 사용해도 큰 문제는 없었다.

물론 그렇게 주의를 기울여도 오래 활동한 이용자들은 추천 조작을 귀신같이 알아맞추는 편이었다.

"생각보다 판타지 커뮤니티 계정을 가지고 있는 분들이 많네요?"

규현이 혼잣말을 중얼거렸다. 혼잣말치고는 목소리가 조금 컸기 때문에 모두가 들을 수 있었고 그들은 서로의 시선을 피했다.

장르 업계에서 일하다 보니 장르 최대 규모 커뮤니티인 판타지 커뮤니티에서 조금씩이나마 활동한 적이 있는 사람이 많았다. 물론 계정을 가지고 있는 사람 대부분은 직원이 아니라 작가들이었다.

"계정 있는 분들은 댓글도 달아주세요."

이윽고 상현이 게시글을 올렸다. 판타지 커뮤니티를 주시하고 있던 규현은 상현이 게시글을 올리기 무섭게 입을 열었다.

"추천 부탁합니다."

그렇게 말하고는 페이지를 새로고침했다. 무서운 속도로 추천 수가 올라갔다, 추천 조작 의심을 피하기 위해 적당히 시간 간격을 두었다.

베스트 게시글에 올라가자 조회수도 빠른 속도로 올랐고 댓글도 새로고침할 때마다 추가되었다.

[가람 출판사행이네, 후덜덜.]

[이제 가람은 매니지먼트가 아니라 출판사라고 불러야 할 듯.]

[제이엔 미디어 이름을 빌려서 출간하는 것 같은데… 나도 가면 종이책 내주려나?]

[이거 조작이다. 가람 직원이 알바 풀어서 추천 조작한 것 같다.]

추천 조작 의혹을 제기하는 이용자도 있었지만 그의 글은 순식간에 묻혔고 종이책에 대한 관심이 증폭되었다.

이용자 대부분이 글을 쓰는 입장이다 보니 다들 종이책 사업 규모를 줄이는 상황에서 규모를 대폭 확대한 가람의 행동에 의문을 품거나 환호를 보냈다.

"순항할 것 같네요."

규현의 예상대로 종이책 사업의 확대는 여러 가지 긍정적인 현상을 가져왔다. 특히 종이책 출간이라는 로망을 가지고 가람북에 연재하는 작가들의 수가 상당히 늘었다.

문학 왕국도 적극적으로 여러 매체를 통해 종이책 사업을 홍보했지만 가람에게 규모에서부터 밀리는 모습을 보여서 7월 초 기계 작가의 레이드 머신을 종이책으로 먼저 출간했음에도 불구하고 연재 사이트 점유율이 가람북과 비슷한 수준까지 내려갔다.

원래 문학 왕국은 연재 사이트 점유율이 가람북에 비해 아주 높았는데 가람이 종이책 사업을 확대하면서 무서운 속도로 치고 올라온 것이다.

"다들 지금 이 상황을 어떻게 보십니까?"

문학 왕국 대표 이강윤의 싸늘한 목소리가 회의실에 울려 퍼졌다.

의자에 앉아 있는 사람들은 회의실을 지배하는 차가운 분위기에 압도되어 쉽게 입을 열지 못한 채 책상 밑으로 시선을 내리깔았다.

유일하게 편집기획부장인 강형석만이 힘겨운 표정으로 강윤의 시선을 받아내고 있었다.

"대표님, 그래도 레이드 머신은 제법 팔렸습니다. 너무 노여워 마시죠."

차갑고 무거운 침묵 속에서 진한이 입을 열었다.

형석을 노려보던 강윤은 영업팀장 최진한에게 시선을 옮겼다. 강윤의 시선을 힘겹게 받아내고 있던 형석은 속으로 안도의 한숨을 쉬며 긴장을 풀었다.

"많이 팔렸다고요? 어느 정도나 팔렸다는 말입니까?"

"1, 2권 합쳐서 4천 부 정도 팔린 것 같습니다. 3권이 나오면 반품을 받아봐야 알겠지만 대여점 협회의 반응이 좋은 것으로 보아 반품도 많이 없을 것으로 보입니다."

종이책 시장은 대여점의 몰락과 함께 지는 태양이었다. 그런데 권당 2천 부가 팔렸다는 것은 제법 많이 팔린 것이었지만 강윤의 표정은 여전히 좋지 않았다.

"그래서 기분이 좋습니까?"

"아, 아닙니다."

비꼬는 듯한 강윤의 말에 진한은 뭔가 잘못되었다는 것을 본능적으로 깨닫고 허겁지겁 고개를 저었다.

"강 부장, 우리 문학 왕국과 가람북의 연재 시장 점유율은 어느 정도입니까?"

"확실한 정보는 아니지만 거의 절반씩 점유하고 있다고 보면 될 것 같습니다."

형석의 보고에 강윤은 의자 등받이에 몸을 기대며 입을 열었다.

"다들 아시겠지만 원래는 저희가 압도적으로 유리한 상황이었습니다. 연재 시장은 우리가 장악하고 있었죠. 다들 아시리라 생각됩니다."

강윤의 말에 아무도 입을 열지 못했다. 그의 말대로 불과 얼마 전까지만 해도 연재 시장은 문학 왕국이 장악하고 있었다. 그런데 가람북이 연재란을 만들면서부터 조금씩 점유율을 뺏기더니 현재에 와서는 냉전 시대처럼 양쪽으로 갈라져 버렸다.

"하지만 이제는 사이좋게 양분하고 있는 상황입니다. 강 부장, 어떻게 생각하시나요?"

강윤의 물음에 형석은 마음을 차분하게 가라앉히기 위해 식은 커피를 한 모금 마셨다. 그리고 입을 열었다.

"좋은 현상은 아니라고 생각합니다."

형석의 말에 강윤은 고개를 끄덕였다.

"네. 분명 좋은 현상은 아니죠. 레이드 머신이 1, 2권 합쳐서 4천 부 정도 팔린 것은 분명 대단하고 기쁜 일입니다. 하지만 우리는 종이책을 팔려고 종이책 사업을 시작한 게 아닙니다."

"그렇다면… 종이책 사업을 실시한 이유가 무엇입니까?"

영업팀장 최진한이 조심스럽게 말을 꺼내자 모두의 시선이 그에게 향했다. 편집기획부장 강형석은 한심하다는 표정으로 진한을 보았다.

'눈치 없기는……'

진한을 보며 형석은 속으로 생각했고 강윤의 시선이 진한에게 향했다.

"종이책 사업을 진행한 이유 말입니까? 하긴… 영업팀에서는 몰랐을 수도 있겠네요. 제가 직접 공지했지만 읽어보지 않았다면 말입니다."

"죄, 죄송합니다."

진한은 고개를 숙이며 사죄했지만 강윤의 굳은 표정은 풀리지 않았다.

"그래도 모르고 있으면 곤란하니 설명하도록 하겠습니다. 문학 왕국이 종이책 사업을 진행한 이유는 잠재적 작가로 볼 수 있는 작가 지망생들의 문학 왕국 이용을 촉진하기 위해서였습니다. 그런데 별 효과가 없었으니 좋지 않지요."

말을 마친 강윤은 목이 타는지 남아 있는 커피를 비웠다.

"생각보다 가람의 대응이 기민하고 효과적이었던 것 같습니다."

기획팀장 서장훈이 조심스럽게 의견을 내놓았다. 다들 동의하는 듯 고개를 끄덕이는 가운데, 문학 왕국 대표인 이강윤만이 이를 살짝 악문 채 불만스러운 표정으로 테이블을 검지로 툭툭 치고 있었다.

"가람이 기민하게 대응할 거라고 미리 예상했어야 하는 거 아닙니까? 종이책 사업은 강 부장이 적극적으로 기획하고 추진한 것 아닙니까? 그럼 A/S도 확실하게 했어야죠."

"면목 없습니다."

형석은 고개를 숙였다. 강윤의 말도 틀리지 않았기 때문에 굳이 변명할 생각은 없었다.

"경영지원팀장."

"예, 대표님."

형석을 매섭게 노려보던 강윤은 멀지 않은 곳에 앉아 있는 경영지원팀장 강나현을 보았다. 나현은 형석의 부름에 경직된 목소리로 대답했다. 자신에게 화살이 향할까 두려운 듯했다.

"이번에 종이책 사업 진행으로 인한 손실은 얼마나 됩니까?"

"솔직하게 말씀드리면 우선 지금 당장은 손실이 거의 없다고 볼 수 있습니다. 출간된 작품은 레이드 머신 하나이고 꽤 팔린 건 사실이니까요."

"앞으로의 전체적인 손실을 물어보는 겁니다."

긍정적으로 보고하는 나현을 보며 강윤이 다그치듯 말했다. 나현은 마른침을 삼키며 입을 열었다.

"종이책 출간이 예정되어 있는 작품들이 기대에 못 미치는 성적을 낼 경우 손실은 막대하다고 볼 수 있습니다. 기대에 상응하는 결과를 낼 수도 있지만 현 종이책 시장으로 볼 때 사실상 손해를 피할 수 없을 것으로 보입니다."

현재 종이책 시장은 열악해서 엄청난 인기작이 아니면 출간할 때마다 출판사는 손해를 보게 된다. 그럼에도 불구하고 종이책 출간이 끊이질 않는 이유는 작가 챙겨주기에 이만한 게 없기 때문이었다.

문학 왕국이 손해를 감수하고 종이책 사업을 밀어붙인 것은 홍보 등 여러 효과를 보기 위해서였는데, 가람이 종이책 사업 규모를 크게 확장하면서 그 의미가 희미해져 버렸다.

"기대했던 홍보 효과가 나오지 않을 것 같습니다. 사실상 이번 기획은 실패한 것이나 다름없습니다."

나현이 최종적으로 결론을 내렸고 회의실 안의 사람들은 동의한다는 듯 고개를 끄덕였다.

편집기획부의 세 사람의 표정은 별로 좋지 않았다.

"강 부장."

"네, 대표님."

"마지막 기회를 드리겠습니다. 어떤 방법을 써도 좋으니 가람을 찍어 누를 수 있는 기획안을 제출하세요."

강윤의 말에 형석의 눈이 빛났다.

"알겠습니다."

58장

상속자들

　인한은 늦은 밤 기태의 오피스텔에 방문했다.

　문을 열고 현관을 통해 오피스텔 안으로 성큼성큼 걸어 들어오는 인한을 기태는 미소와 함께 맞이했다.

　"어서 와."

　"형님! 그 정규현이라는 놈에 대해서 말한 거 맞습니까? 이 회장님께선 아무런 움직임을 보이지 않는 것 같습니다."

　"일단 앉아."

　기태의 말에 인한은 흥분을 가라앉히고 거실의 소파에 앉았다. 기태는 인한의 정면에 있는 작은 소파에 앉았다.

두 사람 사이의 탁자 위에는 기태가 가져온 것으로 보이는 음료수 두 개가 놓여 있었다.

"내일 출근해야 하니… 음료수로 참아."

"맥주 정도는 괜찮지 않을까요?"

맥주는 괜찮지 않겠냐는 인한의 말에 기태는 입꼬리를 살짝 끌어 올렸다.

"내가 맥주 잘 안 마시는 거 알고 있잖아. 여긴 도수 높은 거밖에 없어. 너는 술이 한번 들어가면 계속 마시기 때문에 여기 있는 술 마시면 내일 출근하기 힘들 거야."

"맥주를 사올 걸 그랬습니다."

불평하듯 중얼거리는 인한을 보며 기태는 고개를 살짝 저었다. 가끔씩 기분이 좋거나 기념할 날에 아주 비싸고 도수 높은 술을 소비하는 기태와는 다르게 인한은 맥주와 같은 가벼운 술을 자주 마시는 편이었다.

"그래. 정규현 작가 문제 때문에 이렇게 찾아온 거냐?"

음료수를 입가로 가져가며 기태가 말문을 열었다. 맥주를 포기하고 음료수 캔을 들어 올리던 인한은 기태의 목소리에 그를 향해 시선을 옮기며 입을 열었다.

"네. 문자메시지에 적혀 있는 대로 정규현 때문에 찾아왔습니다."

"그래. 뭐가 문제야?"

"형님! 재차 확인하는 거지만 대한그룹 이태식 회장님께 정규현에 대한 정보를 전달한 거 맞습니까? 대한그룹 쪽에서 전혀 움직임이 없습니다."

인한이 차분하게 물었다.

그는 다혈질이고 성격이 급했지만 기태가 얼마나 무서운 사람인지 알고 있었기 때문에 언성이 높이진 않았다.

기태가 대한그룹의 회장 이태식에게 정규현에 대해 알리겠다고 한 순간부터 인한은 대한그룹의 움직임을 주목했지만 특별한 움직임이 없었다. 그래서 더 답답했다.

"대한그룹의 이태식 회장님은 공과 사를 구분하지 못하는 가벼운 사람이 아니야."

"그럼 아무런 효과가 없는 게 아닙니까?"

기태의 말에 인한은 답답한 표정으로 재차 물었다. 기태는 입꼬리를 끌어 올렸다.

"과연 그럴까? 과연 아무런 영향이 없을까?"

기태는 음료수 캔을 비웠다. 그리고 빈 캔을 탁자 위에 가볍게 내려놓으며 인한을 보았다. 그는 기태가 무슨 말을 할지 궁금해서 그의 말에 집중하고 있었다.

"내가 따로 조사해 본 결과, 정규현 작가가 관여된 게임 사업에 이지은 씨의 추천으로 대한그룹 차원에서 투자가 들어갔더라고… 결과적으로 투자를 받은 GE 게임즈가 크게 성공하면서 지은 씨의 위치도 높아졌지만 따지고 들어가면 사적으로 회사 자금을 움직였다는 게 돼."

"그렇다면……."

인한의 두 눈이 반짝였다.

그는 기태에 비하면 머리가 나쁜 편이었지만 설명을 차분하게 듣다 보니 기태의 의도를 알아차리게 된 것이다.

인한이 이해한 것 같은 모습을 보이자 기태도 흡족한 표정으로 입을 열었다.

"정규현의 존재에 대해 알게 되었으니 이 회장님은 반드시 이 투자에 대해 물어볼 거야. 그러면 지은 씨는 난처해질 것이고 우리가 정규현을 견제하더라도 그에게 도움을 줄 수 없게 되겠지."

"그럼 이제 형님과 제가 정규현을 견제하면 되겠군요!"

인한은 신이 나서 말했다. 그런 그에게 기태는 차가운 시선을 보냈다.

"형님?"

갑작스러운 기태의 변화에 인한은 영문을 알 수 없다는 표정을 지으며 당황한 기색을 쉽게 감추지 못했다.

"나는 충분히 도와준 것 같은데? 나는 직접적으로 상대적인 약자를 밟는 것을 즐기는 찌질이가 아니야. 그리고 찌질해지고 싶지도 않아."

쉽게 입을 열지 못하는 인한을 보며 기태는 잠시 말을 멈췄다. 그는 다리를 꼬며 차분한 표정으로 다시 말을 이어가기 위해 입을 열었다.

"찌질한 건 너 혼자 하도록 해."

"좋습니다! 제가 혼자 해보죠!"

인한은 기태의 앞에서 큰소리를 쳤지만 막상 어떻게 해야 규현을 무너뜨릴 수 있을지 도통 감이 잡히지 않았다.

'하아, 태산그룹도 끝났군.'

인한을 오랫동안 알고 지낸 기태는 지금 인한이 무슨 생각을 하고 있는지 대충 알 수 있었다. 기태는 인한이 아무런 생각이 없다는 것을 깨닫고 진심으로 태산그룹에 대한 걱정을 한숨과 함께 쏟아냈다.

태산그룹의 회장 보좌진은 훌륭했지만 장차 회장이 될 인한의 두뇌 회전이 이렇게 느려서야 태산그룹의 미래도 뻔하다고 기태는 생각했다.

"뭐부터 해야 할지는 알고 있겠지?"

"아, 그게……."

기태의 물음에 인한은 쉽게 대답을 하지 못했다. 예상대로였다.

"직접 행동하는 건 내키지 않지만 간단한 조언 정도는 해줄 수 있지."

"감사합니다, 형님."

"북페이지와 문학 왕국에 대해 들어봤어?"

인한은 고개를 저었다.

장르 소설에는 특별히 관심이 없었고 전자책과도 거리가 멀었기 때문에 북페이지는 물론이고 문학 왕국의 이름도 처음 들어보는 인한이었다.

기태 역시 인한과 마찬가지로 장르 소설에 관심이 없어서 문학 왕국이나 북페이지가 생소했으나 사교클럽에서 규현과 트러블을 일으키면서 그는 규현에 대해 조사를 했었고 그 과정에서 문학 왕국과 북페이지에 대해 자연히 알게 되었다.

"하아."

조사조차 제대로 하지 않는 그의 모습에 기태는 다시금 티 나지 않게 조용히 한숨을 쉬었다. 다행히 인한은 기태가 한숨을 쉬는 모습을 보지 못했다.

"최인한, 모든 일은 시작하기에 앞서 치밀하게 계산할 필요가 있다고 했지?"

"네, 형님."

"그게 설사 벌레를 밟는 일이라고 해도 발아래에 날카로운 못이 있는지 없는지 정도는 확인하란 말이다."

기태는 답답하다는 감정이 그대로 느껴지는 목소리로 말했다.

그는 언제나 모든 일에 신중하게 움직이는 성격이었지만 인한은 단순무식한 면이 있었다. 그리고 그의 그런 단점을 기태는 상당히 좋지 않게 보고 있었다.

"다시 말하지만, 벌레를 밟을 때 바로 옆에 날카로운 유리 조각을 발견하지 못하고 밟는다면 너의 신발을 뚫고 발바닥을 찢어발길 수도 있다는 것을 명심해라."

"죄송합니다, 형님. 주의하겠습니다."

기태의 경고에 가까운 조언에 인한은 자신의 실수를 깨달았다. 그 모습을 보며 기태는 고개를 저었다. 지금 이렇게 깨달은 모습을 보이지만 일주일 후면 기억의 저편으로 날려 버릴 것이다.

"문학 왕국과 북페이지라는 곳이 있다. 대충 뭐 하는 곳인지 짐작이 가지?"

"전자책 판매 사이트인 것 같은데… 혹시 정규현의 경쟁사입니까?"

인한은 자기 나름대로 추리해 보았다. 대기업을 이끌기엔 두뇌 회전이 빠르지 않은 편이라 그렇지 일반인 수준은 되었기 때문에 기태가 이 정도 힌트를 주니 상황을 파악할 수밖에 없었다.

"그래. 정규현 작가의 경쟁사다. 지금 한창 서로 이빨을 드러낸 채 싸우고 있지."

"그들에게 도움을 주면 정규현을 효과적으로 무너뜨릴 수 있겠군요"

"그런 셈이지."

인한의 말을 기태는 긍정했다.

신뢰할 수 있는 정보에 의하면 현재 문학 왕국과 북페이지는 규현의 가람과의 경쟁에서 크게 밀리고 있는 상황이었다.

힘든 시기에 손을 내민다면 애초에 규현과 사이가 별로 좋지 않기도 했으니 기꺼이 정규현의 몰락을 위해 움직일 것이다.

"일단 접촉해 보는 게 좋을 거야."

"네. 당장 회사 차원의 지원을……."

"그건 안 돼."

기태는 회사를 움직이겠다는 인한의 말을 자르며 그를 말렸다.

"너, 지금 회사에서 상황도 별로 좋지 않은 걸로 아는데… 경솔한 행동은 삼가는 게 좋아."

태산그룹 내에서 인한은 디지털사업본부장이라는 낮지 않은 직위에 있었지만 그가 가지는 영향력은 모종의 사건으로 인해 상당히 축소되어 있었다.

지금 상황에서 사적인 이유로 함부로 회사를 움직였다가는 어떤 역풍이 불지 몰랐다.

"제가 경솔했습니다."

인한은 자신의 경솔함을 인정했다

"우선은 네 개인 자산을 투자하는 것으로 시작해. 돈 많잖아."

"네, 형님."

기태의 말에 인한은 입꼬리를 끌어 올렸다. 그는 태산그룹의 후계자, 재산은 아주 많았다. 물론 대부분이 주식이었지만 당장 움직일 수 있는 자산도 무시할 수 없을 정도로 많은 편이었다.

"명심해. 신중하게 움직여. 흥분해서 이성을 잃으면 안 돼."

"명심하겠습니다."

*　　　　　*　　　　　*

태식의 서재 안. 태식은 의자에 앉아 있었고, 책상 앞에는 비서실장 곽수종이 무표정한 얼굴로 뭔가를 보고하고 있었다.

"곽 실장, 지금 자네가 한 말이 모두 사실인가?"

수종의 보고를 끝까지 들은 태식은 심각한 분위기가 엿보이는 얼굴로 확인하듯 물었다.

"네. 회사 자금을 횡령하거나 한 것은 아니지만, 분명 사적인 용도로 사용하기 위해 깊게 개입한 것은 분명합니다."

"하아."

수종의 확인에 태식은 한숨을 내쉬었다. 그나마 지은이 GE 게임즈에 투자한 결과가 좋았기 때문에 이 정도 반응에 그칠 수 있었다.

하지만 결과가 좋지 않았다면 태식은 뒷목을 잡고 쓰러졌을 것이다. 물론 결과가 좋다고 해서 그가 화나지 않은 것은 아니었다.

투자가 성공했다고는 하나 지금 이 일을 그는 그냥 넘길 수 없었다.

"회장님, 비록 정규현 작가를 위해 사적으로 움직였다고는 하지만 절차상 아무런 문제도 없었고 투자도 성공적이었습니다. 아가씨에게는 간단한 주의를 주는 선에서 끝내는 게 좋지 않겠습니까?"

수종이 조심스럽게 의견을 말했다. 긴 시간을 태식의 곁에서 묵묵히 일했기 때문에 작게나마 의견을 말할 수 있었다. 다른 비서였다면 꿈도 못 꿀 일이었다.

"지은이를 변호하는 건가?"

"불쾌하셨다면 죄송합니다."

고개를 숙이는 수종을 보며 태식은 고개를 저었다.

"아니, 틀린 말은 아니지만 그래도 지은이는 이번 일로 정신을 차릴 필요가 있어. 대기업 총수 일가에서 사적으로 회사 자금을 움직이는 일에 정식 절차를 밟았다곤 하지만 직접적으로 개입했다는 건 큰 문제로 번질 수 있는 일이다. 투자가 성공했기에 망정이지 실패했다면 지은이의 입지는 많이 좁아졌을 것이야."

태식의 말에 수종은 아무런 말도 하지 않았다. 그의 의견에는 전적으로 동의하고 있었다. 만약 투자가 실패했다면 상황은 꽤나 심각했을 것이다.

정식 절차를 밟았다고는 하지만 그녀가 사적인 자금 흐름을 유도한 게 없어지는 것은 아니니까.

"그리고 특히 자기 남자 친구를 위해서 그렇게 자금 흐름을 유도했다는 것은 지금 고쳐두지 않으면 나중에 너무 위험해져."

태식은 지은과 규현이 사귀고 있는 것으로 알고 있었다. 그래서 더욱 용서할 수 없었다.

"지은이를 불러와."

"예, 회장님."

수종이 서재 문을 열고 나갔다. 문이 다시 열렸을 땐 수종 대신 지은이 조심스럽게 걸어 들어왔다.

"부르셨어요?"

"내가 무슨 일 때문에 불렀는지 알고 있겠지?"

태식의 물음에 지은은 고개를 푹 숙였다. 그녀는 눈치가 빠른 편이었기 때문에 무슨 일로 태식이 화가 났는지 대충 알 수 있었다.

사교클럽에서 규현과의 관계가 들통 났으니, 기태나 인한이 태식에게 알렸을 것이고, 조사하는 과정에서 GE 게임즈 투자 사실이 들켰을 것이다.

"네."

지은은 힘없는 목소리로 대답했다.

"길게 말하지 않으마. 정규현 그놈과 더 이상 만나지 마."

"어째서죠?"

지은의 반문에 태식은 놀란 눈동자로 그녀를 보았다. 지금까지 지은은 자신의 뜻에 순종적이었기 때문이었다.

늘 태식의 뜻에 따라온 지은이었지만 이번에는 달랐다. 그녀는 규현을 포기할 수 없었다.

"너를 위해서 하는 말이다."

"진정으로 저를 원한다면 규현 오빠를 허락해 주세요."

지은의 말에 태식은 인상을 썼다.

"내가 막아도 만날 생각이군."

태식의 말에 지은은 대답하지 않았다. 그의 말대로 태식이 막더라도 그녀는 모든 방법을 동원해 규현과 만남을 이어갈 것이다.

"어쩔 수 없군."

태식은 의자에서 일어났다. 그리고 창가를 향해 발걸음을 옮겼다. 창밖으로 보이는 풍경을 바라보며 그는 다시금 입을 열었다.

"앞으로 외출 금지다. 당분간 출근하지 않아도 좋아."

"네?"

태식의 결정에 지은은 깜짝 놀랐다. 외출을 하지 못하면 규현을 만날 수 없다. 설마 태식이 이런 강경책을 쓸 줄은 몰랐다.

"곽 실장."

"예, 회장님."

비서실장 곽수종이 문을 열고 들어왔다.

"지은이의 스마트폰을 압수해. 그리고 자네가 관리하게."

"알겠습니다."

수종은 지은에게 다가가 말없이 손을 내밀었다. 지은은 이를 악물면서도 스마트폰을 그에게 건넬 수밖에 없었다.

인한이 검은 의도를 드러내고 있을 때, 아무것도 모르는 규현은 검은 사신 시즌 2의 종방연에 참석하기 위해 미국행 비행기에 탑승했다.

긴 비행시간이 끝나고 공항을 나오는 그의 얼굴에는 피로가 잔뜩 녹아나 있었다.

잘 해결되었다고는 하지만 문학 왕국과 북페이지라는 이름난 기업과의 경쟁은 규현에게 엄청난 정신적인 스트레스와 피로를 가져다주었다. 그 탓에 그는 요 며칠 사이 제대로 잠을 자지 못했다.

비즈니스 클래스라고는 하지만 10시간을 넘기는 긴 비행시간은 가뜩이나 피로한 몸에 다소 부담을 줄 수밖에 없었다.

'이코노미 클래스였다면 더 피곤했겠지.'

규현은 고개를 젓는 것으로 피로를 떨쳐내려 애쓰며 발걸음을 옮겼다. 몇 번 온 적이 있었기 때문에 이곳 공항은 익숙했다.

얼마 지나지 않아서 마중 나온 필 하스너와 합류할 수 있었다.

ABO 드라마 기획국에서 일하는 필은 규현이 조금 더 편하게 종방연 장소에 올 수 있도록 조나단 케일이 보낸 사람이었다.

"오랜만에 뵙습니다, 정규현 작가님."

"오랜만입니다, 하스너 씨."

오랜만에 만난 두 사람은 가볍게 악수를 하는 것으로 반가움을 나눴다.

"제가 조금 늦은 것 같네요."

시계를 확인한 규현은 자신이 약속 시간에 조금 늦었다는 것을 깨달았다. 아무래도 입국하는 데 필요한 절차를 밟는 것에 시간이 많이 소요된 것 같았다. 사람들이 많았기 때문에 벌어진 일이었다.

"괜찮습니다. 서두르면 시작하기 전에 도착할 수 있을 것 같습니다. 그럼 차로 가시죠."

필은 차를 주차해 둔 곳으로 규현을 안내했다. 이윽고 주차된 차량 근처에 도착하자 필은 먼저 조수석의 문을 열어 주었다.

"타시죠."

"감사합니다."

규현이 조수석에 탑승한 것을 확인한 필은 조수석 문을 닫고 운전석에 탑승했다.

"그런데 종방연은 어디서 하는 거죠?"

"전의 그 호텔에서 합니다. 그건 그렇고 원래도 영어 실력이 꽤 괜찮은 수준이셨는데… 처음 만났을 때에 비해 아주 많이 능숙해지셨습니다."

필은 종방연 장소를 규현에게 알려주며 그의 영어 실력을 칭찬했다. 규현은 미소를 지으며 볼을 긁적였다.

"아무래도 영어를 계속 쓰다 보니 실력이 늘어난 것 같네요."

영어 회화 실력은 실전을 거듭할수록 좋아진다는 말이 있다.

규현이 영어영문학과를 졸업하고 회화 연습도 게을리하지 않은 덕분에 기본적인 실력도 있었지만 최근 부쩍 외국인들과 대화를 할 일이 많아지면서 쌓인 경험이 실력이 된 것 같았다.

한창 운전을 하던 필은 거치해 둔 스마트폰이 진동하는 것을 보고 이어폰을 끼고 통화 버튼을 눌렀다.

"10분 안에 도착할 것 같습니다."

필은 그렇게 말하고는 전화 통화를 끝내며 이어폰을 뺐다.

전화를 건 사람은 필의 상사였다. 시간이 다 되어가는데 필과 규현이 오지 않자 걱정이 돼서 전화한 것이었다.

"벌써 시작했나 봐요?"

"아뇨. 아직 시작한 건 아닙니다. 시간은 20분 정도 남았고 저흰 10분이면 호텔에 도착할 수 있습니다."

규현의 물음에 필은 긍정적으로 대답했다. 다행히 도로 상황이 좋았기 때문에 10분 안에 목적지에 도착할 수 있을 것 같았다.

필의 예상대로 두 사람은 정확히 9분 만에 호텔에 도착할 수 있었다.

"제가 안내해 드리겠습니다."

필은 규현을 호텔 내부의 연회장으로 안내했다. 종방연 시작까지 10분 정도를 두고 있었기 때문에 대부분의 사람들이 도착한 것인지 연회장 내부에는 많은 사람이 있었다.

"작가님, 여깁니다!"

목소리가 들리는 곳으로 고개를 돌리니 ABO 드라마 기획국장 조나단 케일이 규현을 향해 손을 흔들고 있었다.

"작가님, 그럼 저는 이만… 나중에 다시 뵙겠습니다."

필이 옆으로 물러나고 규현은 조나단이 있는 곳으로 발걸음을 옮겼다. 거리가 가까워지자 그의 주변에 있는 사람들의 얼굴을 확인할 수 있었다.

"정말 오랜만입니다. 그동안 별일 없으셨죠?"

"네. 다행히 별일 없었습니다."

조나단 케일이 반갑게 인사를 건넸다.

조나단과 함께 있던 두 사람도 규현의 옆으로 다가왔는데 익숙한 얼굴이었다.

"조지 테일러 감독님, 그리고 리퍼 세일 감독님도 반갑습니다."

"정말 오랜만이군."

"반갑습니다, 정규현 작가."

한 명은 검은 사신 시즌 1 감독 조지 테일러였고 다른 한 명은 시즌 2 감독 리퍼 세일이었다. 두 사람은 규현을 보며 반가운 감정을 아낌없이 표현했다.

"반가운 마음은 차차 나누시죠. 이제 곧 영상 상영이 있습니다. 일단 자리에 앉으시죠."

리퍼가 손에 든 술잔을 입가로 가져가며 말했다. 그러지 않아도 사회자가 입가에 마이크를 가져가 자리에 앉아줄 것을 부탁하고 있었다.

모두가 자리에 앉은 것을 확인한 사회자가 어딘가로 신호를 보내자 영상 상영이 시작되었다.

그동안 촬영장에서 벌어진 일들을 담은 영상이었고 촬영 초반에는 규현도 조금이나마 함께해서 그런지 영상 처음 부분에 몇 번 모습을 찾아볼 수 있었지만 시간이 갈수록 그의 모습을 찾아보기는 힘들어졌다.

10분간의 상영이 끝나고 사회자가 다시 연단에 섰다. 그는 주변을 쓱 훑어보더니 미소를 지으며 마이크를 입가로 가져가 입을 열었다.

"이렇게 넘어가면 조금 섭섭하겠지요? 건배사 한 번 하고 종방연을 본격적으로 즐기도록 합시다."

사회자의 말에 모두 잔을 들어 올렸다.

"시즌 3를 위하여!"

사회자는 지극히 평범한 건배사를 외쳤고 모두가 그의 말을 복창하며 술잔을 비웠다. 규현 역시 술잔을 비웠다.

"술맛은 어떻습니까?"

"아주 좋습니다."

옆자리에 앉은 조나단이 규현의 술잔을 채워주며 물었다. 규현은 미소를 지으며 대답했다. 그러면서 술병을 넘겨받아 조나단의 술잔을 채워주었다.

"그래서 그동안 어떻게 지냈습니까?"

조나단이 규현에게 근황을 묻는 것으로 가볍게 대화가 시작되었다. 슬슬 흥이 오르려 할 때 안경을 낀 점잖아 보이는 인상의 남자가 다가와 조심스럽게 빈자리에 앉으며 입을 열었다.

"제가 많이 늦었습니까?"

"딱 맞춰 왔으니까 걱정 마."

조지가 걱정 말라는 투로 말하는 사이 규현은 그의 얼굴을 살폈다.

자세히 보니 낯선 얼굴은 아니었다. 그래서 규현은 바로 그의 이름표를 확인했고 존 케일스라는 사실을 알아낼 수 있었다.

존은 실제로 만난 적이 많이 없었기 때문에 얼굴을 확실하게 기억하고 있지 않았다.

"정규현 작가님? 저 존입니다. 그때는 바빠서 제대로 인사도 못 드렸네요."

존이 의자에서 일어나 규현을 향해 손을 내밀었다. 규현은 그가 내민 손을 잡고 가볍게 악수를 하며 입을 열었다.

"예. 괜찮습니다. 그때는 바빴으니까요."

존과 처음 만났을 때는 낙하산 작가들의 탈주와 겹쳐서 아주 바쁜 시기였다. 그래서 제대로 인사할 시간도 없었던 것으로 기억했다. 그 뒤로도 몇 번 만난 적이 있었지만 제대로 인사를 나누지 못했다.

"그나저나 작가님, 차기작 작업은 어떻게 되어 가십니까?"

"차기작은 구상 중입니다만 쉽지는 않네요."

규현은 입가에 희미한 미소를 머금은 채 조나단의 질문에 대답했다. 조나단이 질문을 한 의도를 대충 예상할 수 있었다.

"소설을 쓰는 것은 정말 어렵죠. 좋은 작품을 쓰려면 엄청난 시간이 필요로 한다고 들었습니다."

조나단의 말에 규현은 대답 대신 고개를 끄덕였다. 슬슬 본론을 꺼낼 준비를 하고 있는 것 같았다.

"혹시 차기작 구상이 힘드시다면 검은 사신 시즌 3의 메인 작가를 맡아주시는 것은 어떻겠습니까?"

예상한 그대로, 본론을 꺼내는 조나단의 모습에 규현은 속으로 소리 없이 웃었다.

"죄송하지만 차기작에 집중하고 싶습니다."

규현의 몸값은 충분히 높아져 있기 때문에 시즌 3 메인 작가를 맡는다면 어마어마한 부를 축적할 수 있을 테지만 그에겐 작가로서의 욕심이 있었다.

이전의 것을 뛰어넘는 명작을 쓰고 싶다는 욕심. 단순히 상업적이기만 한 작품이 아닌 모두가 인정할 수 있는 작품을 쓰고 싶다는 욕심 말이다.

"작가님! 저희에겐 작가님이 필요합니다. 작가님에겐 흥행을 보는 눈이 있습니다! 부디 저희와 함께해 주세요!"

흥행을 보는 눈이 있다는 조나단의 말에 규현은 조금 뜨끔했다. 그의 말이 터무니없는 건 아니었기 때문이었다.

"글쎄요……. 유감스럽지만 당분간은 장르 소설 작가로서의 삶에 집중하고 싶습니다."

"원하는 건 뭐든 해드리겠습니다."

조나단은 초강수를 뒀다.

원하는 건 뭐든 해주겠다는 그 말에 규현도 흔들릴 수밖에 없었다. 작품 활동에 집중하는 것도 중요했지만 사업가로서의 자아가 눈앞에 다가온 거대한 이익을 놓치지 말라고 강력하게 충고하고 있었다.

"그렇다면 자문 정도는 해줄 수 있습니다."

고민 끝에 규현은 현실과 타협했다.

시즌 3 메인 작가를 맡게 되면 필연적으로 한국과 미국을 오갈 수밖에 없고 그렇게 되면 문학 왕국, 그리고 북페이지와의 경쟁으로 중요한 순간임에도 불구하고 사무실을 비울 수밖에 없어진다.

그것을 피하기 위해서 규현이 선택한 게 바로 자문위원이었다. 드라마 자문위원은 흔하진 않지만 분명 존재했다.

"자문위원 말씀이십니까?"

"네. 그렇습니다. 검은 사신 시즌 3의 모든 것을 제가 검토해 드리죠."

규현은 미소를 지은 채 대답했다. 검토 정도면 메일을 통해 할 수 있었기 때문에 미국과 한국을 오가는 시간 낭비를 할 필요가 없었다.

"좋습니다. 저희는 어떤 방법으로든 작가님이 함께하신다니 든든합니다."

조나단은 신이 난 것 같았다. 그런 그를 향해 규현은 조심스럽게 손을 들어 올렸다.

"하지만 조건이 있습니다."

"무엇이든 말씀하세요."

"ABO는 케이블 채널이라고 들었습니다."

"네, 그렇습니다."

규현의 말에 조나단은 고개를 끄덕이며 대답하는 것으로 긍정했다.

ABO는 드라마 제작사이면서 미국의 케이블 채널이기도 했다. 현재 CBO와 함께 미국 케이블 채널의 양대 산맥으로 불리고 있었다.

"제 차기작이 완성되면 ABO 채널에 광고와 함께 ABO에서 제작한 드라마들을 이용해 간접 광고를 해주시죠."

"하지만 그건……."

조나단은 곤란한 표정이었다.

ABO는 CBO와 함께 미국의 양대 산맥이라고 불리는 케이블 채널이었기 때문에 광고 신청자가 엄청 많았다. 게다가 ABO의 광고비는 엄청나게 비싼 편이었고 신청자들도 많았기 때문에 들어가기 힘들었다. 그래서 비용을 지불할 돈이 있더라도 광고를 넣는 게 보통 어려운 일이 아니었다. 그래서 조나단은 망설였다.

공짜로 해달라는 소리로 들었기 때문이었다. 하지만 규현은 공짜로 해달라는 생각이 전혀 없었다.

"광고비는 제 계약금으로 해주시죠. 자문위원이지만 저는 싼값에 해줄 생각은 없으니 충분히 광고비가 될 겁니다."

"좋습니다. 차기작이 나오시는 대로 최우선으로 광고해 드리죠."

광고비 문제가 해결되자 조나단은 흔쾌히 고개를 끄덕였다. 규현도 미소를 지었다. 만족스러운 '거래'였다.

광고비를 지불하지 않는 선에서 해결하는 게 가장 좋은 시나리오였지만 욕심이 너무 과한 것도 좋지 않다고 생각했다. 최우선 광고 이용권을 받은 것만 해도 충분히 훌륭한 성과였다.

"그럼 작가님, 다시 한배에 타게 된 것을 기념해 건배할까요?"

조나단의 말에 테이블에 앉은 사람들이 모두 잔을 들어 올렸다.

"좋습니다."

규현이 미소와 함께 잔을 들어 올리자 조나단은 간단한 건배사를 외쳤고 허공에서 술잔이 흔들렸다.

"와아."

"엄청나군요."

문학 왕국 편집기획부장 강형석과 북페이지 편집기획실장 정도윤은 태산전자 마케팅본부장 최인한이 갑작스럽게 만날 것을 요청해 태산전자 본사 건물을 찾았다.

그들은 눈앞에 있는 거대한 빌딩의 모습에 정신이 아득해지는 것을 느꼈다.

"그런데 태산전자에서 저희를 찾은 이유가 무엇일까요?"

형석은 함께 온 도윤을 보며 물었다. 아무리 생각해도 태산전자와 자신들의 회사는 연관이 없었다.

"글쎄요. 저도 지금 당장은 알 수가 없습니다."

도윤이 대답했다.

여러 방면으로 생각해 보았지만 태산전자의 최인한 본부장이 자신과 형석을 부른 이유를 예상하는 게 불가능했다.

"그렇군요."

도윤의 대답을 들으며 형석은 고개를 끄덕였다.

가벼운 대화의 끝과 함께 발걸음을 옮기기 시작했고 얼마 지나지 않아서 1층 로비에 들어설 수 있었다.

출근 시간은 아니었지만 로비에는 많은 사람이 있었다.

"분명 1층 안내 데스크에서 자신을 찾으면 된다고 했죠?"

"네. 분명 그렇게 말했습니다."

형석의 말에 도윤이 고개를 끄덕였다.

형석은 도윤과 함께 잘 보이는 곳에 위치한 안내 데스크를 향해 발걸음을 옮겼다. 안내 데스크에 한발 먼저 도착한 형석은 여 직원을 보며 차분하게 입을 열었다.

"최인한 본부장님을 찾아왔습니다."

"성함이 어떻게 되시죠?"

"저는 강형석이라고 합니다."

"잠시만 기다려 주시겠어요?"

여 직원의 말에 형석은 고개를 끄덕였고 그녀는 키보드를 두드리고 마우스를 몇 번 움직여 클릭하는 것으로 형석이 인한과 약속이 잡혀 있는 것을 확인했다.

"옆에는 정도윤 실장님이신가요?"

"예. 그렇습니다."

도윤이 고개를 끄덕였다. 의자에 앉아 있던 여 직원이 일어났다.

"본부장님께서 기다리고 계십니다. 제가 안내해 드리겠습니다."

여 직원은 형석과 도윤을 본부장실 바로 앞까지 안내해 준 뒤 안내 데스크로 돌아갔다.

두 사람은 굳게 닫혀 있는 본부장실 문을 보며 서로의 눈치만 살폈다. 결국 도윤이 과감하게 팔을 들어 노크했다.

"들어오세요."

안에서 들어와도 좋다는 인한의 목소리가 들리기 무섭게 도윤은 본부장실 문을 열고 안으로 들어갔다. 형석은 조금 긴장한 얼굴로 그의 뒤를 따랐다.

"어서 오세요. 강 부장님? 그리고 정 실장님이시죠?"

인한은 책상 쪽 의자에서 일어나며 형석과 도윤을 맞이했다. 그는 책상의 앞 쪽에 위치한 소파를 가리켰다.

"일단 앉으시죠."

"감사합니다."

인한이 자리에 앉자 형석과 도윤도 앉았다.

두 사람이 들어온 것을 지켜보고 있었던 것인지 문이 열리고 여 직원이 들어와 세 사람의 앞에 커피가 담긴 종이컵을 내려놓았다.

세 사람은 잠시 따뜻한 커피를 마시며 침묵을 지켰다. 커피를 절반 정도 마셨을 때 도윤이 먼저 입을 열었다.

"본부장님, 실례가 되지 않는다면 저희를 이곳까지 부른 이유를 알고 싶습니다."

"아! 내 정신 좀 봐⋯⋯. 그러고 보니 다들 바쁘시죠? 한가롭게 티타임이나 가질 여유는 없나 보군요."

인한의 대답에 도윤은 고개를 저었다.

"저희에 비하면 본부장님께서 훨씬 바쁘실 것이라 생각됩니다. 사실 그것보다도 태산전자와 전혀 연관이 없다고 생각되는 저희를 찾은 이유가 궁금합니다."

도윤의 말에 인한은 종이컵을 내려놓고 턱을 긁적였다.

"흠, 아무래도 그렇군요. 그럼 간단하게 설명 드리겠습니다."

도윤과 형석을 번갈아 보는 인한의 눈동자가 날카롭게 빛났다. 그는 미소를 지으며 입을 열었다.

"제가 태산전자와 아무런 관련이 없는 출판사업 쪽 종사자인 두 분을 이렇게 부른 이유는 두 분과 비밀 거래를 하고 싶어서입니다."

"비밀 거래 말씀이십니까?"

"어떤 비밀 거래를 말씀하시는 거죠?"

인한은 소파 등받이에 몸을 기대며 입꼬리를 끌어 올렸다. 한쪽 입꼬리만 올려 웃으니 마치 비열한 미소를 연상케 했다.

"차근차근 설명해 드릴 테니 너무 재촉하지 않으셔도 좋습니다."

인한이 말했다.

"죄송하지만 비밀 거래라고 하셨는데 이렇게 공개된 장소에서 의논해도 되는 것입니까?"

형석이 조심스럽게 우려를 표했다. 보통 비밀 거래라고 하면 연상되는 장소는 어두운 창고 또는 밀실이다. 그런데 이렇게 밝은 낮에 공개적인 장소라고 할 수 있는 회사 사무실에서 논의해도 되는 것인지 의아했다.

사무실 안에서도 본부장실이었기 때문에 어쩌면 밀폐된 공간이라고 할 수도 있지만 이곳까지 오면서 많은 직원의 눈에 띄었다는 게 문제였다.

"걱정하지 마세요. 등잔 밑이 어둡다는 말도 있지 않습니까? 하하하."

인한은 급히 변명하긴 했지만 사실 그는 아무 생각이 없었다. 그가 기태의 반만 따라갔어도 자신의 오피스텔이나 하다

못해 최소한 카페라는 공간을 이용했을 것이다.

"그렇군요."

인한의 말에 납득이 가진 않지만 고개를 끄덕이며 납득하는 척하는 형석과 도윤이었다.

"그런데 본부장님, 비밀 거래의 내용이 어떤 것이죠?"

도윤의 물음에 인한은 커피를 한 모금 마시고는 입을 열었다.

"제가 북페이지와 문학 왕국에 거금을 투자할 생각입니다."

"태산전자에서 저희에게 투자를 하겠다는 말씀이세요?"

형석이 이해가 가지 않는다는 표정으로 물었다.

태산전자에선 북페이지와 문학 왕국에 투자할 이유가 전혀 없었기 때문이었다. 이해할 수 없다는 표정으로 질문하는 형석을 보며 인한은 고개를 저었다.

"아니요. 태산전자에서 투자를 하는 게 아닙니다. 제가 개인적으로 북페이지와 문학 왕국에 투자하겠다는 겁니다."

"그렇군요."

"왜인지 이유를 여쭤봐도 될까요?"

"그건 좀 이따가 말씀드리도록 하겠습니다."

태산전자가 아닌, 개인의 투자라는 말에 도윤과 형석은 궁금증이 일었지만 좀 이따가 설명해 준다는 인한의 말에 우선 고개를 끄덕였다.

사실 태산전자의 투자라면 지금 이 상황을 이해할 수 없었다. 하지만 최인한의 개인적인 투자라고 하니 대충 어느 정도는 충분히 납득할 만한 상황이었다.

"얼마나 투자를 해주실 생각이신지……."

형석이 과감하게 투자 금액을 물었다.

"20억."

인한이 자세한 투자 금액을 말하자 본부장실 안은 격정적인 침묵에 휩싸였다. 형석과 도윤은 입을 열진 않았지만 상당히 놀란 표정이었고 마음속에선 격정적인 기류가 일어나고 있었다.

20억이면 그들에게는 엄청난 금액이었다.

"그런 엄청난 금액을… 어째서 저희를 통해 투자하십니까? 대표님을 직접 부르시는 게 여러모로 좋지 않습니까?"

조심스럽게 말하는 형석의 목소리가 떨리고 있었다. 생각보다 많은 금액에 크게 당황한 것 같았다.

"그거야말로 여러모로 곤란해서 말입니다. 자금의 출처에 대해선 대충 둘러대 주시면 좋을 것 같군요."

인한이 미소 지었다.

문학 왕국의 대표와 북페이지의 대표에게 직접 투자금을 전달하는 방법도 있지만 이 경우 곤란한 점이 다소 생길지도 모르기 때문에 부하를 통해 전달하는 게 좋다고 생각했다.

"…알겠습니다."

형석은 고개를 끄덕였다. 인한의 행동으로 보아 자금의 출처가 의심되기도 했지만 거절하기엔 문학 왕국의 상황은 너무도 좋지 않았고, 인한이 제안한 투자금은 너무나 달콤했다.

"대신 이번 투자에는 조건이 있습니다."

형석과 도윤의 시선이 인한에게 향했다. 크게 당황했다기보다는 어느 정도 예상했다는 얼굴이었다.

20억이라는 많은 양의 자금이 아무런 조건 없이 움직일 리가 없었다.

"그 조건이라는 게 무엇입니까?"

도윤이 질문했고 형석도 집중했다. 나중에 계약서를 작성할 때 확실히 하겠지만 지금 들어둘 필요가 있었다.

"정규현 작가의 가람과 가람북을 견제해 주었으면 좋겠습니다."

"과연, 그렇군요."

인한의 말에 도윤은 고개를 끄덕였다. 그가 방금 조건을 말함으로서 퍼즐을 맞추듯 모든 상황이 맞춰졌고 이해되었다.

이러한 조건을 붙이는 것으로 보아 자세한 이유는 알 수 없었지만 인한과 규현 사이에 개인적인 감정이 있는 게 분명하다고 도윤은 생각했다.

개인적인 일에 회사 자금을 움직일 수는 없으니 개인 자산을 움직이는 것으로 보였다.

게다가 20억이나 투자하는 것으로 보아 규현과의 감정은 꽤나 깊은 것으로 보였다.

아직 대표가 아닌 자신들을 통해서 투자금을 전달하려고 한다는 것은 의문이었지만 이런 경우 자세한 사정은 묻지 않는 게 좋았기 때문에 두 사람 모두 입을 닫기로 결심했다.

＊　　　＊　　　＊

미국에서 돌아온 규현은 스마트폰을 꺼내 지은에게 전화를 걸었다. 귀국 소식도 전하고 오랜만에 얼굴도 보기 위해서였다.

"무슨 일이 있나?"

한참을 전화 걸었지만 지은은 받지 않았다.

평소 문자메시지를 보내면 늦어도 30분 안에는 답장을 보내고 전화를 걸면 30초가 지나기 전에 전화를 받았던 그녀였다. 하지만 지금은 전화를 2번 연속으로 걸어도 받지 않았고 문자메시지도 답장이 없었다.

'별일 없겠지.'

지은과 마지막으로 만난 건 사교클럽 모임이 열리고 있던 호텔에서다.

그날 심각한 대화를 나눈 뒤로 그녀와 만난 적이 없었지만 규현은 지은이 스마트폰을 압수당하고 외출도 금지당했다는 사실은 전혀 생각도 못 하고 있었다.

그날 호텔에서 헤어질 때 분위기는 분명 심각했고 규현도

인지하고 있었지만 시간이 흐르면서 그때의 심각했던 분위기는 기억 속에서 많이 희석되고 말았다.

'바쁜가 보네.'

전화를 받지 않고 문자메시지에도 답이 없었지만 규현은 막연히 지은이 바쁘다고 생각하며 스마트폰을 주머니에 집어넣었다.

그가 그렇게 안이한 생각을 하는 데는 평소 하나의 일에 집중하면 다른 일에 무관심한 그의 성격도 한몫했다.

"하아."

피로가 섞인 한숨을 내뱉으며 규현은 오피스텔로 향했다. 공항까지 차를 가지고 오지 않았기 때문에 대중교통을 이용해야만 했다.

오피스텔 앞에 도착한 규현은 비밀번호를 입력하고 안으로 들어가기 무섭게 그는 옷도 갈아입지 않은 채 침대로 몸을 던졌다.

푹신한 침대와 차가운 이불의 감촉을 느끼며 나른하게 뻗어 있던 그는 스마트폰 벨소리를 듣고 몸을 일으켰다.

'누구지?'

아직 귀국했다는 단체 문자메시지를 보내지 않았기 때문에 지인들은 규현이 아직 뉴욕에 있다고 생각할 것이다. 그리고 현재 뉴욕은 새벽 5시 정도였다.

누군지 몰라도 꽤나 급한 일이 아니면 한 소리 해야겠다고 생각하며 그는 스마트폰을 들어 올렸다. 그리고 화면을 확인할 여유도 없이 바로 귓가로 가져가 전화를 받았다.

—대표님!

다급한 목소리가 전해졌다. 전화를 건 사람은 하은이었다.

—대표님, 뉴욕은 새벽 5시죠? 갑작스럽게 전화해서 죄송합니다.

"아닙니다. 괜찮으니… 무슨 일인지 차분하게 말씀해 보세요."

규현은 온화한 목소리로 대답했다. 규현이 뉴욕에 있었다면 새벽 5시에 전화를 건 셈이다. 그것을 알면서도 전화를 했다는 것은 뭔가 급히 보고해야 할 일이 발생했다는 것을 의미했다.

규현은 뉴욕으로 가기 전, 그녀에게 급한 일이 생기면 언제든지 전화를 해서 보고해 달라고 말한 적이 있었다.

—문학 왕국에서 저희와 비슷한 이벤트를 시작했습니다.

"저희와 비슷한 이벤트를 시작했다니… 설마 후원 이벤트를 시작했다는 말입니까?"

—지금 문학 왕국 홈페이지를 확인하시는 게 좋을 것 같습니다. 개요가 다 나와 있습니다.

하은의 말에 규현은 대답 대신 책상으로 가서 노트북을 켰다. 그리고 문학 왕국에 접속했다.

[문학 왕국에서 100만 원을 후원합니다!]

하은의 말대로 문학 왕국 메인의 가장 큰 배너에 후원 이벤트가 걸려 있었다.

"타이틀을 보니까 하은 씨의 말대로 저희처럼 후원 이벤트를 시작한 것 같네요. 일단 자세한 것은 확인해 봐야 알 것 같습니다."

―네. 확인해 보시는 게 좋을 것 같습니다.

"지금 확인합니다."

규현은 이벤트 배너를 클릭해서 내용을 확인했고 충격에 빠졌다. 문학 왕국에서 내놓은 후원 이벤트의 내용은 간단했지만 엄청난 파장을 몰고 올 수 있었다.

"수입 100만 원 이하의 작가 100명을 뽑아서 100만 원을 채워 주겠다니… 문학 왕국의 재정 상태는 좋지 않았던 것 아닙니까?"

이벤트 내용에 규현은 경악했다.

그가 미국에 가기 전에 하은에게 들었던 보고에 의하면 문학 왕국의 재정 상태는 좋지 않은 것으로 보였다. 그게 사실이라면 이런 이벤트를 열기 힘들 게 분명했다.

―그게… 생각보다 예산을 많이 잡지 않았을 수도 있습니다. 정확한 기준이 없으니 99만 원을 버는 작가를 뽑는다면 1만 원만 지원하면 끝입니다.

"아뇨. 꼭 그렇지는 않습니다."

하은의 말도 옳았지만 규현의 생각은 달랐다.

"문학 왕국에서 연재해 봐서 잘 알고 있습니다. 80만 원 이상, 100만 원 이하의 정산금을 받는 작가의 수는 그렇게 많지 않아요. 100명에 한참 부족하다는 말입니다."

—무슨 말씀인지 알 것 같습니다.

하은은 납득하는 듯했다.

"분명 문학 왕국의 자금 상황은 좋지 않다고 하지 않으셨습니까?"

—죄송합니다. 제 정보가 틀렸거나 어디서 투자를 받았을 확률이 높은 것 같습니다.

"그렇다면 아마도 어디선가 투자를 받은 것 같군요. 그러지 않고서야 이 엄청난 예산이 갑자기 튀어나올 리 없습니다."

지금까지 하은이 수집한 정보는 틀린 적이 거의 없을 정도로 신뢰도가 높았다. 그리고 이벤트 설명에는 20억의 예산이 모두 소모되기 전까지 후원은 계속 된다고 적혀 있었다.

20억.

문학 왕국이 북페이지의 지원을 받는다고 해도 두 회사가 하나의 이벤트만 노리고 동원하기엔 심각하게 많은 금액이었다. 분명 어디선가 투자를 받은 듯했다.

—보시면 아시겠지만 대상 작가들은 문학 왕국 자체 매니지먼트와 계약한 작가들만 한정된 게 아니라 문학 왕국에서 유료 연재를 하고 있는 모든 작가를 말하고 있습니다.

그 말에 규현은 이벤트 내용을 다시 확인했는데 하은의 말대로 문학 왕국에서 유료 연재를 하고 있는 모든 작가를 대상으로 하고 있었다.

"상황을 조금 더 지켜봐야 하겠지만 이제 많은 신인 작가들이 문학 왕국 또는 문학 왕국에서 연재할 수 있는 출판사와 계약하기 위해 움직이겠군요."

─아마도 그렇겠죠. 월 100만 원이라는 정산금을 보장해 준다는 것은 미래가 불확실한 신인에게는 아주 달콤한 유혹입니다.

장르 소설계에선 월 100만 원도 벌지 못하는 작가들이 상당히 많았다. 데뷔하지 못한 작가들은 물론이고 신인 작가들도 조금만 관심이 있다면 그 현실을 잘 알고 있을 것이다. 그러니 문학 왕국에서 이번에 마련한 100만 원 채워주기 후원 이벤트라는 안전장치는 그들에게 매력적으로 다가갈 수 있을 것이다.

"일단 일주일만 상황을 지켜보도록 하죠. 흘러가는 상황을 보고 자세한 것을 이야기하도록 합시다."

─예, 대표님. 그렇게 하는 게 좋을 것 같습니다.

규현은 일주일이라는 시간 동안 지켜봤지만 상황은 생각보다 급박하게 흘러갔다.

다음 날부터 가람북에서 무료 연재를 하고 있던 작가 몇 명이 갑작스럽게 연중 공지를 올렸고, 얼마 지나지 않아서 문학 왕국에서 연재하고 있는 모습을 볼 수 있었다.

그리고 그들을 시작으로 꽤 많은 수의 작가가 문학 왕국으로 옮겨갔다.

문학 왕국은 동시 연재를 금지하고 있었기 때문에 이주한 작가들은 가람북에서 연재되던 작품들을 연중 공지를 올리거나 공지 없이 삭제하고 떠났다.

몇몇 충성 독자들은 이주한 작가들을 따라서 문학 왕국으로 옮겨가기도 했다. 비록 유료 연재 중은 아니었지만 그들의 대부분이 유료 연재를 앞두고 있는 만큼 잠재적인 고객을 잃은 것이나 다름없었다.

결국 규현은 칠흑팔검과 상현, 그리고 하은과 긴급히 회의를 가질 수밖에 없었다.

"다들 모였죠?"

상현과 칠흑팔검, 그리고 하은이 모두 회의실에 모인 것을 보았지만 규현은 재차 확인하듯 물으며 긴 테이블에서 의자를 빼서 앉았다.

"실례합니다."

문이 열리고 석규가 들어와 모두의 앞에 냉커피를 한 잔씩 내려놓고 회의실에서 나갔다.

여름 날씨가 본격적인 궤도에 들어갔기 때문에 뜨거운 커피는 어울리지 않았다.

에어컨이 계속 돌아가는 사무실과 달리 회의실은 회의할 때만 에어컨을 켜고 평소엔 창문을 열어놓기 때문에 조금 더운 편이었다. 지금도 에어컨을 켠 지 얼마 되지 않아서 조금 더운 기운이 남아 있었다.

"상황이 생각보다 심각하다고 들었습니다."

규현의 말에 하은은 고개를 끄덕였다. 오랜 세월을 장르 소설계에서 일하면서 얻은 인맥을 바탕으로 여러 곳에서 정보를 얻었지만 긍정적인 보고는 도저히 불가능할 정도였다.

"자세히 보고해 주시겠어요? 지금 가람북에서 연재 중이던 작가 몇 명이 이탈한 겁니까?"

"지금까지 확인된 것만 해도 56명입니다."

"확인된 게 그 정도라면 그 이상일 수도 있겠다는 거군요."

규현의 물음에 하은은 쉽게 대답을 하지 못했다. 대신 그녀는 고개를 끄덕이는 것으로 그의 말에 긍정했다.

현재 가람에는 작가관리팀이 따로 없었다. 그래서 칠흑팔검과 하은이 그 업무를 분담해서 수행하고 있었는데 아무래도 인력이 제대로 갖춰 있지 않다 보니 완벽한 업무 수행은 무리였다.

"확인한 바에 따르면 중하위권도 소수 있지만 대부분 하위권과 최하위권의 작가들입니다."

"아무래도 그럴 수밖에 없겠죠. 이벤트 조건에 적합한 작가들은 대부분 하위권이니까요."

칠흑팔검의 말에 규현이 대답했다. 그는 커피를 한 모금 마셨다.

차가운 커피가 목을 타고 넘어가면서 답답한 마음을 조금이나마 풀어주는 듯했다. 커피 잔을 내려놓는 순간 상현이 조심스럽게 손을 들고 입을 열었다.

"그럼 중하위권 작가들은 왜 넘어간 걸까요?"

"아마 보험이 필요했을 겁니다. 문학 왕국에서 연재하는 것만으로 최소 월 100만 원이 보장되는 것이나 다름없으니 말입니다."

상현의 궁금증은 칠흑팔검이 해결해 주었다.

어느 정도 궁금증을 해결한 상현은 커피를 마시며 의자 등받이에 몸을 살짝 기댔다. 그러다 또 뭔가 궁금한 게 생겼는지 두 눈을 반짝이며 규현을 향해 시선을 옮겼다.

"형, 그런데 문학 왕국으로 이동한 작가들은 대부분 하위권의 작가들이잖아요. 그들이 이탈한다고 해서 저희가 큰 손해를 볼 것 같지 않은데요?"

"하지만 50명이 넘게 이동하니까 우리도 타격을 입을 수밖에 없어."

"거기까진 이해가 되는데, 그게 그렇게 큰 타격은 아니잖아요? 20억을 동원한 만큼 효과를 보기 힘들 것 같은데… 문학 왕국은 무슨 생각인거죠?"

상현이 날카롭게 질문했다. 옆에서 듣고 있던 칠흑팔검이 입을 열었다.

"본격적으로 출혈 경쟁이 시작되었다고 볼 수 있습니다. 이 경우 덩치가 큰 쪽이 유리한데… 문학 왕국은 원래부터 덩치가 작은 편도 아니었고 북페이지와 연합하면서 더욱 커졌죠. 거기다가 어딘가 돈이 나올 구멍을 확보한 것 같습니다."

"돈 나올 구멍이요?"

상현이 재차 질문했다. 칠흑팔검은 고개를 끄덕이며 입을 열었다.

"네. 아마도 그 돈 구멍에서 돈이 계속 나올 것이라고 생각한 것 같습니다. 자세한 건 저도 잘 모르지만 말입니다."

"그렇군요."

두 사람의 대화를 듣고 있던 규현은 답답한 마음에 커피 잔을 들어 올렸지만 커피는 없고 얼음만 잔 안에서 덜그럭거리고 있었다. 그는 힘없이 커피 잔을 테이블에 내려놓았다.

"어디 방법이 없겠습니까?"

규현이 힘없는 목소리로 모두에게 물었다.

상현과 칠흑팔검은 입을 닫고 있었지만 하은은 뭔가 생각난 듯 두 눈을 반짝였다. 하지만 쉽게 입을 열지 않았다.

그녀는 잠시 고민했지만 이내 결정을 내린 건지 규현을 보며 입을 열었다.

"분명 이대로 가면 지금 당장은 치명타가 되지 않겠지만 장기적으로 볼 때 저희에게 그렇게 좋은 영향이 올 것 같진 않습니다. 뭔가 대책이 필요합니다."

"뭔가 대책을 가지고 있는 듯한 표정이군요."

"네. 대표님이 차기작을 내시는 겁니다."

*　　　　*　　　　*

백호자동차 해외사업 본부.

복도를 따라 걷는 20대 후반의 남자가 있었다. 테 없는 안경을 끼고 잘 정리된 머리카락, 전체적으로 지적인 이미지를 풍기는 그는 백호자동차의 사원증을 목에 걸고 있지 않았지만 본부장실로 향하는 그를 그 누구도 막지 않았다.

백호자동차 비서실의 비서가 그를 '안내'하고 있었기 때문이었다.

본부장실 앞에 도착하자 남자를 대신해서 비서가 가볍게 노크를 했다. 이윽고 들어와도 좋다는 기태의 목소리가 들렸고 비서는 남자를 향해 고개를 돌렸다.

"들어가셔도 좋습니다."

"수고했어."

그는 다소 차갑게 느껴지는 목소리로 말한 뒤, 문을 열고 본부장실 안으로 들어갔다. 안에는 기태가 책상에 앉아서 컴퓨터로 업무를 보고 있었다.

"이 본부장님."

"중요한 자료를 요청하긴 했는데 설마 네가 올 줄은 몰랐다, 최인재."

기태의 말에 인재는 입꼬리를 끌어 올렸다. 그는 태산자동차 전략기획실장이자 태산그룹의 차남인 최인재였다.

"중요한 자료니까 당연히 제가 와야 하지 않겠습니까? 그렇죠? 이 본부장님. 그리고 부디 직함으로 불러주셨으면 좋겠습니다."

"미안하군, 최 실장. 자네가 여기 온 이유는 대충 알 것 같은데 말이지."

하고 있던 문서 작업을 잠시 중단하며 기태가 말했다. 인재는 미소를 지은 채 고개를 저었다.

"저는 도통 무슨 말씀을 하시는지 모르겠군요. 그나저나 이렇게 저를 세워두실 겁니까? 이렇게 보여도 거래 파트너입니다."

"실수했군. 앉아."

"감사합니다."

인재는 고개를 살짝 숙인 뒤, 소파에 앉았다. 기태도 책상 쪽 의자에서 일어나 인재의 앞에 앉았다.

두 사람은 서로를 마주 보며 시선을 교환하다 웃음소리를 가볍게 흘리며 고개를 저었다.

"'확인'하고 싶어서 온 거지?"

기태의 말에 인재는 고개를 끄덕이며 입을 열었다.

"물론입니다. 비공식적인 만남을 가지는 것보단 이렇게 공식적으로 찾아온 김에 확인하는 게 좋을 것 같다고 판단했습니다."

"그것도 그렇지."

기태는 입가에 미소를 그렸다.

인한과 달리 인재는 신중하고 차분한 성격이었다. 그래서 개인적으로 그는 인한보다 인재가 더 마음에 들었다.

사업 파트너로서도 인재와 잘 맞을 것이라 생각했기 때문에 그가 태산그룹을 물려받았으면 좋겠다는 생각을 종종하곤 했다.

"그럼 말해주실까요. 어떻게 진행되고 있는지."

"네 형의 상황을 문학 왕국에 전달했다."

기태의 말에 인재의 입가에 싸늘한 미소가 그려졌다.

"형이 이지은에게 미쳐 있다는 사실을 말이죠? 그리고 정규현을 무너뜨리기 위해서라면 어떤 짓이라도 할 것이라고 말한 것이죠?"

"물론. 벌써 문학 왕국에선 인한이 아낌없는 지원을 퍼부을 것을 생각하고 돈을 펑펑 쓰고 있더군."

"20억이면 사실상 현재 형님의 전 재산입니다. 나머진 전부 주식으로 이루어져 있죠. 돈을 더 융통하려면 주식을 팔거나 회사 자금을 움직여야 할 겁니다."

"그게 자네가 노리는 게 아닌가?"

기태의 말에 인재는 대답 대신 소름끼치도록 차가운 미소를 지었다.

점심시간이 막 끝난 오후, 규현은 대표실에서 열심히 차기작을 구상하고 있었다.

요즘 규현은 매일같이 서류 더미에 파묻혀 지낸다는 말이 어울릴 정도로 일이 많았지만 이상하게 오늘만큼은 일이 별로 없었다. 어제 과하게 무리한 덕에 일거리가 줄어든 것도 있을 것이다.

"으아악!"

규현이 짧은 비명을 내뱉었다.

1시간 동안 고민만 했다. 글은 한 글자도 적지 못하고 고민만 했다. 여러 가지 구상이 떠올랐지만 내면의 편집자는 세상에 나와선 안 될 것으로 규정하고 냉정하게 폐기했다.

귀환 영웅과 최후의 흑마법사 같은 전작들을 뛰어넘어야 한다는 부담감이 규현의 어깨를 짓누르고 있었다.

똑똑.

"들어오셔도 좋습니다."

노크에 답변하는 규현의 목소리엔 묘한 반가움이 깃들어 있었다. 어떤 사람들은 글 쓰는 데 방해받았다고 생각할지도 모르지만 규현은 글 쓰다 막힐 때 차라리 다른 사람과 이야기를 하는 게 꽉 막힌 생각도 정리하고 여러 가지로 도움이 된다고 생각했다.

"대표님."

문을 열고 들어온 사람은 하은이었다.

그녀는 꽤나 심각한 표정이었고 그에 따라 대표실 안의 분위기도 진지해졌다. 규현은 노트북을 옆으로 살짝 치우고 하은을 보며 입을 열었다.

"네. 하은 씨, 말씀하세요."

"대표님, 이대로는 안 됩니다. 방금 상현 씨에게서 보고받았는데 작가들이 다수 활동하고 있는 커뮤니티 등의 여론도 저희에게 아주 불리하게 돌아가고 있습니다."

"여론 조작……."

하은의 보고에 규현은 눈살을 찌푸렸다. 돈이 있으면 작은 커뮤니티에 알바들을 풀어서 어떤 집단에 대한 불리한 여론을 형성하는 것 정도는 아주 쉬운 일이었다.

현 상황으로 볼 때 문학 왕국이 장르 커뮤니티들에 알바를 풀었다는 것은 어렵지 않게 짐작할 수 있었다.

100-100-100 후원 이벤트를 시작하면서 이미 커뮤니티들은 문학 왕국에 우호적인 모습을 보이고 있었다. 그것을 심화시키는 것은 어렵지 않았을 것이다.

"아무래도 문학 왕국의 후원 이벤트에 비해 저희의 후원 이벤트 규모가 작다 보니 기존에 의도했던 것에 비하면 효과가 거의 없는 편입니다."

"그럴 수밖에 없죠."

규현은 이를 살짝 악물었다. 밝게 빛나는 전구 옆에 희미한 불빛의 전구를 둔다면 상대적으로 빛이 약해 보일 수밖에 없다.

"그뿐만이 아닙니다."

"또 있습니까?"

규현은 지친 표정으로 물었다.

좋지 않은 보고의 연속과 이어지는 상황들로 그의 정신은 피폐해졌다고 해도 과언이 아니었다. 그런 규현의 모습을 보는 하은의 마음도 편치 않았다. 하지만 보고는 해야 했기 때문에 그녀는 힘겹게 입을 열었다.

"조직적으로 저희 가람과 가람북의 이미지를 깎아내리는 움직임이 있습니다. 섣부른 예상은 금물이지만 아마도……."

"아마도 문학 왕국이나 북페이지겠죠. 뻔합니다."

하은의 말을 규현이 자르듯 끼어들며 말했다.

"아무래도 대표님이 차기작을 빨리 쓰셔야 할 것 같습니다."

하은이 말했다.

대한민국 장르 문학계에서 정규현이라는 이름이 가지는 무게는 상당히 무거웠다. 그가 가지는 영향력 또한 대단했고 차기작을 목이 빠져라 기다리는 골수 독자층까지 확보되어 있었다.

규현이 차기작을 내는 순간 많은 것이 변할 것이라고 하은은 확신하고 있었다.

"저도 당장에라도 차기작을 쓰고 싶지만 쉽지 않네요."

"이해합니다."

판타지 제국에서 편집자로 일하면서 유명 작가들의 담당자로서 그들이 차기작으로 인해 괴로워하는 모습을 봤기 때문에 그녀는 규현의 고충을 어느 정도 이해할 수 있었다.

"너무 걱정하지 마세요. 차기작이 아니라도 일단 방법은 있습니다."

"어떤 방법인지 여쭤봐도 되겠습니까?"

"인터넷 알바들을 최대한 동원해서 소문을 내세요."

"어떤 소문을 말입니까?"

하은이 물었다. 규현은 그녀를 보며 입꼬리를 끌어 올렸다.

"문학 왕국이나 북페이지 계약 작가 한정 가람에 넘어오면 위약금 및 법적 책임을 져주겠다고 말입니다."

규현의 말에 하은의 눈동자가 흔들렸다. 이것은 상당히 위험한 방법이었다.

"하지만 대표님, 이건 나중에 크게 문제가 될 수도 있습니다."

"아뇨. 문제 되지 않을 겁니다. 소문의 출처는 언제나 확실치 않으니까요."

규현의 눈이 반짝였다.

떠도는 소문의 출처는 정확하지 않다. 하지만 문학 왕국과 북페이지에 불만이 있는 작가들 중 한 명은 분명 문을 두드릴 것이다.

그를 받아들이고 여러 가지 문제를 해결해 주면 더 소문이 퍼질 것이고, 문학 왕국과 북페이지의 주요 작가들을 빼낼 수 있는 상황이 찾아올 것이다.

"그리고 이제부터 가람은 모든 계약 작가에게 권당 선인세 100만 원을 지급합니다."

"대, 대표님! 100만 원이면 예산이……."

"보장 부수가 아니라 보장 선인세입니다. 다 저희에게 돌아옵니다."

"하지만 소위 말하는 작품이 망하는 상황이 오면 당장 돌려받을 수 없습니다. 언젠가는 돌려받을 수 있겠지만……."

하은이 격하게 반대했다. 보장 선인세는 미리 선인세를 주는 것으로 나중에 다 돌려받을 수 있지만 그것은 일반적인 경우다.

작품의 성적이 심하게 좋지 않은 경우 돌려받는 데 아주 긴 시간이 걸릴 수도 있었다. 그럴 경우 자금이 원활하지 않게 흐를 가능성도 있었다.

"저희 가람 작가 중에서 성적이 좋지 않은 분들은 많이 없죠. 알고 계시지요?"

규현의 말에 하은은 고개를 끄덕였다. 그의 말대로 가람 작가들은 대부분 성적이 좋았고 좋지 않은 경우는 극소수에 불과했다.

"극소수의 성적이 좋지 않지만 이제 다시 제가 적극적으로 개입할 겁니다."

규현은 자신이 있었다. 애초에 가람의 모든 작가가 계약할 때 규현은 스탯을 확인했기 때문에 선인세 100만 원을 돌려받을 수 있다는 자신이 있었다.

"그리고 물론 아무나 받을 생각은 없습니다. 저의 기준을 두고 가려 받을 겁니다."

아마도 그 기준은 작가 스탯이 될 것이다.

"어느 정도 규모로 알바들을 고용하면 되나요?"

하은의 물음에 규현은 말없이 검지를 펴보였다.

"1,000만 원 규모입니까?"

그녀의 말에 규현은 고개를 저었다.

"그러면……."

"1억 원. 제가 지원하겠습니다."

규현의 결단에 하은의 눈동자가 떨렸다.

"이만 나가봐도 좋습니다."

"예."

하은이 대표실에서 나가고 규현은 의자를 창가 쪽으로 돌려 바깥 풍경을 향해 시선을 옮겼다.

'돈이라면 나도 자신이 있다. 어디 누가 이기는지 해보자.'

*　　　　*　　　　*

문학 왕국 편집기획부장 강형석은 태산전자 본사 건물을 다시 찾았다. 이전에 북페이지 편집기획실장 정도윤과 함께 찾았었지만 이번엔 혼자였다.

그는 뭔가 불안한 것인지 주변을 살피며 1층의 안내 데스크로 향했다.

"강형석입니다."

"안내해 드리겠습니다."

전에 왔을 때처럼 이름을 말하고 여직원의 안내를 받아 본부장실 문 앞에 도착한 그는 주변을 한번 살폈다.

아주 넓은 사무실에서 직원들은 열심히 자기가 해야 할 일에 집중하고 있었다.

형석에게 신경을 쓰는 직원은 아무도 없었다. 그 사실을 재차 확인한 그는 조심스럽게 본부장실 문을 노크했다.

"강 부장님이신가요? 들어오세요."

들어와도 좋다는 허락을 받기 무섭게 형석은 문을 열고 들어갔다. 본부장실 안으로 들어가자 책상에 앉아 있는 인한의 모습을 볼 수 있었다.

"잠시만 앉아서 기다리시죠. 지금 급하게 처리해야 할 문서가 있습니다."

"예, 알겠습니다."

인한의 말에 형석은 소파에 앉아 얌전히 기다렸다. 기다리는 사이 여직원이 냉커피를 놓고 나갔다.

형석이 냉커피의 절반 정도를 비웠을 때 인한은 해야 할 일을 끝마칠 수 있었다.

"끝났습니다. 오늘은 무슨 일로 오셨죠?"

"정기 보고를 하러 왔습니다. 직접 와서 구두로 보고하라고 하셔서……."

"아, 그랬죠."

형석의 말에 인한은 자신이 했던 말을 기억해 낼 수 있었다.

기태가 조언하길 통화나 문자메시지 등은 기록이 남을 수도 있기 때문에 언제나 직접 만나서 구두로 보고받으라고 했었다.

"그런데 이렇게 제가 계속 찾아와도 되는 겁니까? 개인적인 일인 것 같은데……."

"등잔 밑이 어둡다는 말이 있죠. 괜찮습니다."

유감스럽게도 기태는 직접 만나게 될 경우 어떤 장소에서 만나야 되는지 깊이 설명해 주지 않은 것 같았다.

소파에 앉은 인한은 냉커피가 담긴 컵을 입가로 가져가며 다시 입을 열었다.

"가람이 아직 무너지지 않은 것 같은데… 어떻게 된 겁니까?"

업계 사람이 아니었기 때문에 가람에 대한 자세한 상황은 몰랐다. 그래도 그도 보고 듣는 것이 있기 때문에 문학 왕국의 공세에도 불구하고 가람이 큰 타격을 입지 않았다는 것 정도는 알 수 있었다.

형석은 고개를 살짝 숙이는 것으로 인한의 시선을 피했다.

"저희는 최선을 다했지만 생각보다 정규현 작가의 능력이 뛰어난 것 같습니다. 가람은 흔들리기는커녕 오히려 역공을 취했습니다. 덕분에 오히려 저희가 흔들리고 있습니다."

"역공을 취했다는 말입니까? 어떻게요?"

"무슨 짓을 했는지는 모르겠지만 우리 측 인기 작가들을 죄다 빼돌리고 있습니다. 이대로 가면 저희는 망합니다."

형석이 심각한 표정으로 말했다.

하은이 규현의 지시대로 잘 행동한 것이다. 그녀는 규현의 압도적인 자금력을 바탕으로 다수의 알바를 움직여 국내의 모든 장르 커뮤니티에 모종의 소문을 퍼뜨렸다.

처음에는 작가들도 움직이지 않았다.

소문을 믿고 계약을 파기하면 자신들이 손해를 볼 수도 있으니까. 하지만 문학 왕국이나 북페이지에서 가람으로 옮긴 작가들이 하나둘씩 나타나 소문이 진실이라는 것을 확인시켜 주자 대탈주가 시작되었다.

수십 명의 작가가 탈주를 희망했고 규현은 철저하게 작가 스탯이 기준 이상인 작가들만 받아들였다.

중상위권과 중위권 작가가 많이 움직였다. 100만 원 선인세는 신인 작가들에게는 꽤나 먹음직한 미끼였지만 중견 작가들은 선인세의 단점을 알고 있었기 때문에 최상위권 중견 작가들은 쉽게 움직이지 않았다.

최상위권 작가들은 다행히 흔들리지 않았지만 주요 수입원인 중상위권과 상위권이 흔들리고 있었으니 문학 왕국과 북페이지는 타격이 꽤 큰 편이었다.

문학 왕국은 그나마 낫지만 북페이지는 타격이 꽤나 커서 도윤은 꽤나 고민이라는 것 같았다.

'위기를 조성하면서 더 이상은 할 수 없다고 하세요. 그럼 반드시 더 큰 도움을 줄 겁니다.'

비밀리에 만난 기태의 조언을 되새기며 형석은 입을 열었다.

"정규현 작가를 적으로 돌린 게 두렵습니다. 자금력이 보통이 아니에요. 이대로 가다간 저희가 당할 것 같습니다."

규현이 가지고 있는 현금 재산은 매우 많았다. 차를 사고 이사를 한 것 빼곤 특별한 지출이 없는 데다 수입은 계속해서 엄청난 기세로 들어왔기 때문이었다.

"그건 안 됩니다."

인한의 눈빛이 변했다. 누가 봐도 흔들리는 모습이었고 형석은 속으로 회심의 미소를 지었다.

'이기태 본부장님의 말씀대로다.'

인한의 반응은 기태가 알려준 것과 상당히 비슷했다.

'어떻게 하지? 현금은 더 이상 없는데……'

인한은 고민했다. 정규현은 박살내야 했는데 현금은 더 이상 없었다. 그렇다고 해서 주식을 팔 수는 없었다.

고민 끝에 인한이 입을 열었다.

"문학 왕국에 광고용 배너 있죠?"

"네, 있습니다만……"

"그것을 우리 태산 전자에서 10억에 대여하겠습니다."

규현을 박살내야 한다는 복수심에 사로잡힌 인한은 결국 해서는 안 될 행동 중 하나인, 사적인 일에 회사를 끌어들이는 우행을 범하고 말았다.

그 모습을 보며 형석은 속으로 웃었다. 모든 것은 기태가 말한 대로 흘러가고 있었다.

59장

마지노선

한강 다리 밑의 공터에 주차되어 있는 고급 세단을 향해 발걸음을 옮기는 인영이 있었다. 가로등 불빛조차 없어 달빛만이 비추는 공터에 그가 들어서자 달빛의 그의 얼굴을 비추었다.

그는 문학 왕국 편집기획부장 강형석이었다.

"아무도 없나……?"

주변에 아무도 없는 것을 확인한 그는 미리 약속이라도 되어 있는 것처럼 자연스러운 움직임으로 고급 세단의 조수석에 탑승했다.

"빨리 왔군요."

전등이 켜지고 운전석에 앉은 남자의 얼굴이 드러났다. 그는 백호그룹의 이기태였다. 조수석에 앉은 형석의 시선이 운전석에 앉은 기태에게 향했다.

기태는 정면의 차창 너머 어두운 공간을 향해 시선을 고정하고 있었다.

"시키신 대로 했습니다. 최인한 본부장은 마지노선을 넘었습니다."

형석은 과한 긴장으로 인해 다소 경직된 목소리로 보고했다. 차창 너머 어두운 곳을 보고 있는 기태의 입가에 미소가 번졌다.

마지노선을 넘었다는 것은 사적인 일 때문에 회사를 움직였다는 것을 의미했다. 인한이 규현에게 복수하기 위해 회사를 움직이게 하는 것은 기태의 계획이었다.

모든 게 계획대로 흘러가고 있었다.

계획의 최종 완성은 인한이 회사를 움직이는 것뿐만 아니라 주식을 매각하는 것이다. 그러면 인재가 주식을 매입하여 인한보다 많은 지분을 확보하게 될 것이다.

"수고하셨어요. 순조롭게 진행되고 있군요."

모든 것이 순조로웠기 때문에 기태의 입가에선 미소가 떠날 줄 몰랐다.

"저기……."

보고를 끝마쳤음에도 불구하고 형석은 용건이 남아 있는 것 같았다.

고개를 돌려 그 모습을 본 기태는 입꼬리를 더욱 끌어 올렸다. 형석이 원하는 것을 알고 있는 것이다.

"정말 수고 많으셨습니다."

기태는 안주머니에서 하얀 봉투를 꺼내 형석에게 건넸다.

"헉!"

봉투를 살짝 열어 액수를 확인한 형석은 살짝 놀란 얼굴이었다. 봉투 안에는 꽤나 많은 액수의 돈이 들어 있었던 것이다.

"앞으로도 잘 부탁합니다, 강형석 씨."

"앞으로도 계속 최선을 다하겠습니다!"

대가를 받은 뒤 충성스러워진 형석의 모습에 기태는 만족스러운 표정으로 고개를 끄덕였다. 역시 돈이면 안 되는 건 없다고 그는 생각했다.

*   *   *

일요일이 찾아왔다.

그동안 여러 가지로 바쁜 일이 겹치는 바람에 토요일도 출근해서 사무실을 지키는 날이 많았다.

규현이 혼자 사무실을 지키면 외로울 것이라면서 칠흑팔검과 하은, 그리고 상현까지 함께 사무실을 지킨 날이 적지 않았다.

이처럼 토요일은 출근할 때가 잦았지만 일요일은 아니었다.

오피스텔에서 작품 구상을 하거나 밀린 업무를 처리하긴 했지만 엄연한 휴일인 셈이다. 그래서 규현은 휴일을 즐기기 위해 늦은 오전임에도 불구하고 침대에서 일어나지 않았다.

'슬슬 일어나 볼까.'

배가 고파진 규현은 점심을 먹어야 한다는 사실을 깨닫고 침대에서 벗어나 옷을 갈아입었다. 그리고 부엌으로 향하며 스마트폰을 꺼내 들었다.

코코아톡 문자메시지 기록을 살피며 부엌을 향하던 규현의 발걸음이 갑자기 멈췄다.

스마트폰 화면은 그동안 지은과 주고받았던 문자메시지 기록에 멈춰 있었다. 바빠서 지은에게 신경을 쓰지 못했는데 지금 대화 기록을 확인하면서 그녀와 마지막으로 주고받았던 대화가 떠오른 것이다.

'분명히 이제 다시 만나기 힘들다고 했지.'

식탁 앞에 앉아 냉장고에서 꺼낸 차가운 물을 마시며 규현은 지은이 마지막으로 했던 말을 곱씹었다.

사교클럽에서 지은을 만나게 되면서 그녀가 대한그룹 차녀라는 사실을 뒤늦게 알게 되었다.

규현은 컵을 입가로 가져가 찬 물을 한 모금 마시며 생각했다.

그날 만났던 기태와 인한은 자신의 존재를 지은의 아버지인 대한그룹 회장에게 알린다고 했었다. 그 말인즉 자신의 존재를 그에게 알리게 되면 인한에게 유리한 변화가 생긴다는 것을 의미했다.

인한은 지은을 좋아하는 것 같았다. 그렇다면 그 변화는 자신이 지은과 만나지 못하게 되는 것일 수도 있었다.

대한그룹 회장 입장에서는 아끼는 딸이 재벌도 아닌 어중간한 남자와 만나는 게 달갑지는 않을 것이다. 당연히 관리에 들어갈 것이라고 규현은 생각했다.

그 관리는 아마도 규현이 지은과 만나는 것을 막는 것. 가장 간단한 방법으로는 외출을 금지하고 스마트폰을 뺏는 방법이 있었다.

'아마도 그렇게 하겠지.'

규현은 두 눈을 가늘게 뜨고 생각에 잠겼다.

그의 예상은 어느 정도 들어맞았다. 지금 지은은 스마트폰을 쓸 수 없는 상황이었고 외출도 할 수 없었으니까.

'한 번만 더 전화를 해보자.'

규현은 한 번만 더 전화를 해보기로 마음먹었다. 그는 곧바로 지은에게 전화를 걸었지만 이번에도 전화를 받을 수 없다는 딱딱한 안내음만 나올 뿐이었다.

지은이 전화를 받지 않자 규현은 나지막이 한숨을 쉬며 무의식적으로 전화번호부를 뒤적였다. 그리고 기태의 전화번호를 발견할 수 있었다.

'이기태, 지은이가 전화를 받지 않는 데는 이 사람이 관련되어 있다.'

규현의 존재가 알려졌다는 것은 필시 당시 그 자리에 있었던 기태나 인한이 관련되어 있다는 것을 의미했다. 그들 중 한 명이 대한그룹 회장인 이태식에게 고자질했을 테니까.

인한의 전화번호는 몰랐기 때문에 규현은 다짜고짜 기태에게 전화를 걸었다.

기태는 규현에게 사교클럽 가입을 제안하며 먼저 접촉해 왔었다. 그래서 규현은 그의 전화 번호를 가지고 있었다.

─이런, 정규현 작가님 아니십니까? 제겐 어쩐 일로 이렇게 전화를 다 주셨습니까?

얼마 지나지 않아서 기태가 전화를 받았다.

"본론부터 말하겠습니다. 괜찮겠죠?"

─네. 괜찮습니다. 저는 쓸데없는 서론을 생략하는 것을 좋아합니다.

기태는 시간 낭비를 싫어하는 성격이었기 때문에 꼭 필요하지 않다면 서론을 생략하는 것을 선호하는 편이었다.

"긴히 드릴 말씀이 있습니다. 개인적으로 만났으면 하는데… 괜찮으십니까?"

─저는 딱히 할 이야기가 없는 것 같은데… 전화 통화로는 곤란합니까?

기태는 속으로 웃음소리를 흘리며 대답했다. 규현이 무슨 일로 만나자고 하는 것인지 다 알면서 시치미를 떼는 것이다.

"지은이와 최인한 씨의 투자에 대해서 긴히 대화를 나누고자 합니다. 꼭 오늘 뵈었으면 좋겠군요."

─인한이의 투자를 어떻게……

규현인 인한의 문학 왕국 투자에 대해 눈치챈 기색을 보이자 기태는 상당히 당황한 목소리였다.

'대충 찔러봤는데 빙고네.'

규현은 입꼬리를 끌어 올렸다. 그날 사교클럽에서 인한과 트러블이 있었고 그는 지은을 좋아한다. 그리고 사교클럽에서 나온 후 갑자기 문학 왕국이 거액의 투자를 받았다.

그 배후에는 인한이 있다는 사실을 예상하는 것은 어려운 일은 아니었다. 기태를 의심할 수도 있었지만 그와 짧은 시간이나마 대화를 나눠본 결과, 이런 일에 직접적으로 나설 정도로 어리석은 사람은 아니라고 규현은 단정 지었다.

─생각해 보니까 그렇게 어려운 추리는 아니군요.

당황한 것도 잠시 기태는 곧 냉정을 되찾았다.

저와 대화를 하는 것이 당신에게도 큰 도움이 될 것이라 생각됩니다."

─좋습니다. 장소는 제가 문자메시지로 보내도록 하겠습니다.

"기다리고 있겠습니다."

전화 통화를 끊기 무섭게 만날 장소가 적혀 있는 문자메시지가 도착했다.

"서초구……."

기태가 고른 장소는 서초구의 바였다. 시간이 얼마 남지 않았기 때문에 그는 서둘러 옷을 갈아입고 약속 장소로 향했다.

그곳은 칵테일 바로 보였는데 안에 사람이 많이 없어서 상당히 조용했고 은은한 분위기가 감돌았다.

규현은 주변을 둘러보았다.

그는 얼마 지나지 않아서 구석에 앉아 있는 기태를 볼 수 있었다. 규현과 눈이 마주치자 그는 가볍게 손을 들어 올렸다.

테이블 위에는 칵테일이 담긴 술잔이 두 잔 있었다. 하나는 기태의 것으로 조금 마신 듯 양이 많지 않았고 나머지 하나는 규현의 것을 미리 주문해 둔 것 같았다.

"시간도 아낄 겸 무난한 걸로 먼저 주문해 두었습니다. 괜찮으시죠? 불쾌하셨다면 다른 것을 주문하셔도 좋습니다."

"아니요. 괜찮습니다. 딱히 가리는 게 없는 성격이라서요."

그렇게 말하며 규현은 술잔을 입으로 가져가 한 모금 마셨다. 처음 마셔보는 종류의 칵테일이었는데 맛은 괜찮았다. 달콤하고 쉽게 넘어갔다.

도수가 높아 보이지 않았지만 이런 술이 오히려 쉽게 마시게 되면서 취하기 쉬웠다.

"그건 그렇고 무슨 대화를 나누고 싶어서 제게 만나자고 한 것입니까?"

"최인한 씨를 왜 말리지 않은 겁니까?"

규현의 물음에 기태는 대답 대신 술잔을 입가로 가져가 기울였다. 언뜻 보이는 그의 입가에 번진 미소에서 섬뜩한 분위기가 느껴졌다.

그의 표정을 엿본 규현의 머릿속에 어떤 생각이 차고 올라왔다.

"설마… 부추긴 겁니까?"

규현은 두 눈을 가늘게 뜨고 기태를 보았다.

부정하지 않는 기태의 모습에 규현은 소름이 돋았다.

인한은 다혈질에 지기 싫어하는 성격이었다. 그와 대화를 길게 하지 않은 규현도 쉽게 알 수 있을 정도로 성격이 단순했다. 그리고 그는 지은의 일로 규현에게 원한을 품고 있었다.

그를 부추겨 거액을 문학 왕국에 투자하게 했다는 것은 기태에게 뭔가 좋지 않은 의도가 있다는 것을 의미했지만 유감스럽게도 기태의 의도를 유추하기엔 규현이 가진 정보가 부족했다.

"작가님이 아시게 되는 것도 시간문제군요. 모든 것을 알려드리겠습니다. 대신 저의 편이 되는 겁니다."

규현이 그의 의도를 어렴풋이 짐작하는 모습을 보이자 기태는 머리를 빠르게 회전해서 그를 아군으로 만들자는 결론을 내렸다.

"그건 일단 전후 사정을 듣고 난 후에 결정하겠습니다."

"좋습니다. 빠르게 이해하는 것 같으니 서론 생략하고 바로 본론으로 들어가겠습니다."

그는 잠시 말을 멈추고 칵테일을 한 모금 마셨다. 그의 잔에 남아 있는 술은 이제 절반 정도에 불과했다.

"태산그룹 후계자의 자리를 차남인 최인재가 차지할 수 있게 도와줄 생각입니다."

기태의 말에 규현은 눈살을 찌푸렸다.

모든 퍼즐 조각이 하나씩 맞춰지고 있었다. 어렵지 않게 현 상황을 추측할 수 있었다. 지금 그는 재벌들의 소리 없는 전쟁에 연루되고만 것이다.

"저를 미끼로 최인한 씨를 함정으로 유인할 생각이군요."

"과연 이해가 빠르시네요. 벌써 최인한 본부장은 당신을 깔아뭉개려고 회사를 움직였습니다."

인한의 성격은 단순무식하고 뜻대로 되지 않으면 될 때까지 억지를 쓰는 성격이었다. 회사를 움직여서도 안 되면 이제 주식을 매각할 것이고 그것은 기태가 원하는 최상의 시나리오였다.

"저희들의 내전에 연루되게 만들어서 심히 유감으로 생각하고 있습니다. 그래서 저는 당신과 가람이 무너지지 않도록 지원을 아끼지 않을 생각입니다."

기태의 말에 규현은 속으로 어이가 없어서 웃었다.

기태의 입장에선 규현이 오래 버틸수록 최상의 시나리오에 근접하게 되니 지원을 아끼지 않는 것은 당연했다.

"저희는 도움 없이도 버틸 수 있습니다."

규현이 단호하게 말했다. 기태의 도움 없이도 버틸 자신이 있었다. 기태는 의외라는 표정으로 미소를 지었다.

"그렇습니까?"

"대신 다른 도움을 줬으면 좋겠습니다."

"말씀하시죠. 일이 성공하면 들어드리겠습니다."

"이지은의 아버지, 이태식 회장님에게 제가 인정받을 수 있도록 도와주시지요."

"클럽 모임에서 했던 말이 진심이었군요."

기태는 흥미롭다는 표정이었다. 대답 대신 고개를 끄덕이는 규현을 보며 기태는 입꼬리를 끌어 올렸다.

"좋습니다. 제가 전력을 다해 돕겠습니다."

"믿어도 되겠죠?"

"안심해도 좋습니다. 저는 사업가입니다. 거래에 있어서는 절대로 거짓이 없습니다."

그가 했던 말은 거짓말이 아니다. 그는 어떤 상황에서도 거래를 최우선으로 생각하고 행동했다. 그래서 거래에 있어선 믿을 수 있는 사람이었다.

"믿겠습니다. 그럼 우선 지은이가 무슨 상황에 처했는지 알고 싶습니다."

"제가 알기로는 아마 외출이 금지된 걸로 알고 있습니다. 물론 스마트폰도 사용할 수 없는 상황이죠."

기태의 말에 규현은 고개를 끄덕였다. 어느 정도 예상하고 있던 것과 맞아떨어졌다.

"제대로 된 지원은 최인한 본부장이 태산그룹 후계자의 위치에서 내려온 다음이지요?"

"물론입니다."

기태는 대답과 함께 술잔을 비웠고 규현은 이를 살짝 악물었다.

"이미 알고 계신 것 아니셨어요?"

"확실하게 알고 있는 게 좋다고 생각합니다. 그래야 제가 움직이기 편합니다."

기태의 계획은 어느 정도 짐작으로 알고 있었지만 이왕이면 확실하게 알고 있는 게 협조하기 편했다.

"서론을 싫어하시는 것 같아서 쳐냈는데 말이죠."

"필요한 서론은 쳐내면 안 되죠. 잘 아시잖습니까."

규현의 말에 기태는 입꼬리를 끌어 올렸다.

"물론 그건 맞는 말씀이십니다."

"그럼 설명해 주시죠."

"너무 재촉하지 않으셔도 됩니다. 지금부터 차근차근, 하지만 간단하게 설명해 드릴 테니까요."

규현은 두 눈을 가늘게 뜨고 기태를 보았다. 마치 그 모습은 말없이 재촉하는 것 같았다. 기태도 그 시선을 느꼈는지 어색한 웃음소리를 흘리며 입을 열었다.

"정규현 작가님은 그저 버티고 계시면 됩니다. 그 어떤 상황이 와도 그저 버티면 됩니다."

"그렇군요. 무슨 말씀인지 알 것 같습니다."

무척이나 간단한 설명이었지만 사정을 대충 파악하고 있었기 때문에 전체적인 그림을 보는 게 어렵지 않았다.

"이제 된 겁니까?"

"실은 부탁이 하나 있습니다."

"일단 말씀해 보세요."

의자에서 일어나려던 기태가 다시 앉으며 말했다.

"대한그룹 이태식 회장님을 만나게 해주시면 감사할 것 같습니다."

"이유는요?"

"정찰이라고 해두죠."

지은의 일을 원활하게 해결하기 위해서 한 번은 대한그룹의 이태식 회장과 만날 필요가 있었다.

그가 원하는 게 무엇인지 정확하게 파악하고 있어야 기태에게 지원을 요청할 수 있기 때문이었다.

"운이 좋으시군요. 오늘 마침 이 회장님을 만나기로 했는데… 허락을 구해보겠습니다. 잠시만 기다려 주세요."

기태는 양해를 구한 뒤 잠시 자리를 비웠다. 이윽고 다시 자리로 돌아온 그의 표정은 의미를 알 수 없었다.

"어떻게 되었습니까?"

"유감스럽게도 회장님께선 아직 준비가 되지 않으신 것 같습니다."

기태는 유감이라는 표정으로 어깨를 으쓱해 보였다.

"그렇군요. 알겠습니다."

규현은 고개를 끄덕였다. 어느 정도 예상하고 있었기 때문에 실망스럽지는 않았다.

태식의 입장도 어느 정도 이해가 갔다. 규현은 애써 어두운 표정을 감추며 의자에서 일어났다.

"오늘 감사했습니다."

"저야말로 감사했습니다. 언제라도 힘드시면 제게 연락을 주시길……."

"그럴 일은 아마도 없을 것입니다."

기태의 말에 규현은 단호하게 말했다. 그의 도움을 받아야 하는 순간은 따로 있었다. 지금은 절대 아니었다.

*   *   *

8월이 되면서 북페이지, 그리고 문학 왕국과 가람의 경쟁은 더욱 치열하게 과열되고 있었다. 특히 8월의 시작과 함께 문학 왕국의 100—100—100 이벤트가 시작되면서 가람의 중하위권부터 하위권 작가들이 대거 문학 왕국으로 이탈했다.

문학 왕국의 100—100—100 이벤트에 맞서 규현과 가람은 문학 왕국과 북페이지의 중상위권 작가들과 소수의 상위권 작가들을 빼냈다.

문학 왕국이 가람의 주력을 빼낼 동안 가람은 문학 왕국과 북페이지의 정예 전력을 포섭했다.

정확히 말하면 포섭했다기보다는 유도했다고 볼 수 있었다.

가람은 가만히 있었고 달콤한 꿀 냄새를 맡은 작가들이 먼저 움직인 것이니까.

사이좋게 주먹을 주고받으면서 문학 왕국과 북페이지는 당연히 자신들이 더 유리해질 것이라 생각했다. 하지만 유감스럽게도 가람이 여전히 유리한 고지를 차지하고 있었고 문학 왕국과 북페이지의 사내 분위기는 안 좋을 수밖에 없었다.

"하아!"

대표실 문이 열리고 형석이 지친 얼굴로 거의 뛰쳐나오다시피 밖으로 튀어 나왔다.

대표실을 빠져나온 그는 답답한 듯 한숨을 내쉬며 고개를 저었다. 그리고 사무실을 나와 승강기를 이용해 옥상의 흡연 공간으로 향했다.

"이제 좀 살 것 같네."

8월이라 더운 바람이긴 하지만 신선한 공기가 코를 통해 폐로 들어오자 가슴을 짓누르고 있던 답답함은 순식간에 사라졌다.

그는 주변을 살펴 재떨이가 있는 곳으로 발걸음을 옮기며 담배와 라이터를 꺼냈다. 자연스럽게 담배를 입에 물고 불을 붙였다.

"후우."

형석은 한숨 섞인 담배 연기를 뱉어냈다.

담배 연기는 허공에서 흩어졌다. 담배를 거의 태우고 꽁초만 남은 것을 재떨이에 던져 넣는 순간, 형석은 자신을 향한 시선을 느끼고 기척이 느껴지는 곳으로 고개를 돌렸다. 그곳에는 문학 왕국 영업팀장 최진한이 있었다.

"강 부장님."

"최 팀장? 무슨 일이야?"

"태산전자에서 광고를 의뢰한 거… 어떻게 한 겁니까? 어떻게 저나 마케팅팀을 통하지 않고 전혀 상관없는 편집기획부를 통해서 일이 처리된 거죠?"

문학 왕국 영업팀장 최진한, 그는 태산전자라는 대기업이 굳이 문학 왕국이라는 사이트에 기본료보다 아주 비싼 이용료를 지불하고 광고를 의뢰한 것에 대해 의문점을 품고 있었다.

특히 그는 광고와는 아무런 상관이 없다고 해도 좋은 편집기획부를 통해 일이 처리되었다는 것을 알게 되면서 복잡한 심경을 좀처럼 감추지 못했다.

'비밀은 꼭 지켜야 합니다.'

입이 근질거렸으나 비밀을 꼭 지켜야 한다는 인한과 기태의 말을 떠올린 형석은 두 눈을 가늘게 뜨고 진한을 보며 입을 열었다.

"내가 그것을 왜 자네에게 말해줘야 하는 거지? 최 팀장, 자네는 영업팀이면 영업팀답게 최대한 많이 팔 생각만 하도록 해. 다른 곳엔 신경 쓰지 말고."

비밀을 숨기려 하다 보니 자연스럽게 차갑고 날카로운 말이 튀어나왔다.

형석은 뒤늦게 냉정을 찾았지만 이미 늦고 말았다.

진한은 상당히 불쾌한 표정이었다. 그는 나름 내색하지 않으려 노력하고 있었지만 소용없는 것 같았다.

"제가 주제넘었나 보군요. 먼저 가보겠습니다."

"제기랄."

진한은 먼저 사무실로 돌아갔고 형석은 작은 소리로 욕설을 중얼거렸다.

그는 라이터를 신경질적으로 만지작거리다가 사무실로 돌아가기 위해 발걸음을 옮겼다. 대표의 말을 전달해야 했기 때문이었다.

먼저 회의실에 도착해서 앉아 있자 기획팀장 서장훈과 편집팀장 한예나가 들어와 자리에 앉았다. 그러자 여직원 한 명이 냉커피를 3잔을 가져와 각자의 앞에 놓았다.

형석은 장훈과 예나를 번갈아 보며 차분하게 입을 열었다.

"태산전자의 거액 광고 의뢰로 한숨 놓았지만 가람은 건재할 뿐만 아니라 우리와 북페이지의 중상위권 작가들을 흡수해서 더욱 커지고 있어. 지금 당장 피해는 크지 않지만 대표님께선 더욱 심각한 상황이 야기되는 것을 우려하고 계신다. 각자 대책을 말해주었으면 좋겠군."

"부장님."

장훈이 손을 살짝 들고 말했다. 형석은 고개를 끄덕이며 입을 열었다.

"말해도 좋아."

"제가 따로 조심스럽게 알아본 결과… 가람에선 직접 움직인 게 아니라 커뮤니티를 통해 의도적으로 정보를 흘려서 작가들을 유혹한 것 같습니다."

"그래서 항의를 했는데도 그렇게 당당한 것이었군."

작가들이 빠져나간 이후 문학 왕국 측에선 가람에 한번 항의를 한 적이 있었지만 당시 전화를 받았던 상현은 너무나 당당했었다.

직접 움직여서 작가들을 영입한 것이 아니니 일단 문제없다는 것이었다.

"현재 상황을 벗어나기 위해서는 다소 강경책을 쓸 필요가 있다고 생각됩니다."

"강경책라면 어떤 것을 말하는 거지?"

형석이 두 눈을 반짝였다. 장훈의 시선이 그에게 향했다.

"이번에 태산전자에서 받은 대금이 꽤 되는 것으로 알고 있습니다."

장훈의 말에 형석은 고개를 끄덕이는 것으로 긍정했지만 자세한 금액을 이야기하진 않았다.

"그것을 이용해서 저희가 직접 움직여서 가람의 인기 작가들을 빼 오는 겁니다!"

"흠."

"장르 소설을 쓰는 이유는 무엇일까요? 다른 이유도 있겠지만 보통은 돈입니다. 압도적인 자금으로 밀어붙이면 가람도 크게 흔들릴 겁니다."

"서 팀장님! 너무 무모해요! 리스크가 너무 커요. 역풍이 불면 엄청날 거예요."

조용히 두 사람의 대화를 듣고 있던 편집팀장 한에나가 반대 의사를 표명했다.

가람처럼 정보만 흘리는 게 아니라 회사에서 직접 움직여서 작가를 빼온다면 그것은 자칫 잘못하면 출판업계 전체를 적으로 돌릴 수도 있는 리스크를 껴안아야만 했다.

"하지만 모든 일에는 리스크라는 게 있는 법입니다. 때론 리스크를 감수해야 전진할 수 있습니다."

"하지만 모든 일에는 최후의 마지노선이라는 게 있는 법이죠. 이번 일도 마찬가지입니다."

장훈과 예나가 팽팽하게 대립 구도를 세웠다. 두 사람의 의견 충돌을 형석은 말없이 지켜보며 생각에 잠겼다.

장훈의 말대로 태산전자에게서 받은 대금을 가장 고효율적으로 활용하는 방법은 회사가 직접 움직여서 압도적인 자금을 바탕으로 가람의 상위권 작가들을 영입하는 것이다.

다만, 이 경우 예나가 말한 것처럼 역풍이 불 확률이 매우 높았다. 아니, 반드시 역풍이 불 것이다.

계약 기간이 남아 있는 작가를 건들지 않는 것은 암묵적인 룰인데 가람조차도 직접적으로 그것을 어기진 않았다. 그런데 문학 왕국에서 이것을 어기게 된다면 출판업계의 공적이 될 수도 있었다.

역풍이 부는 것은 사실상 확실하다고 볼 수 있었다.

여러 명의 작가를 만나서 제안하다 보면 주의를 기울인다고 해도 필히 소문이 날 것이다. 그러면 그건 문학 왕국에 좋지 않게 작용할 것이다.

"부장님, 어떻게 하실 생각이십니까?"

의견 충돌이 중단되고 예나는 형석을 보며 그의 의견을 물었다. 장훈도 말은 하지 않았지만 대답을 재촉하는 시선을 보내고 있었다.

마침 형석도 생각이 어느 정도 정리되어 있었기 때문에 그는 자신의 결정을 모두에게 알리기 위해 차분하게 입을 열었다.

"마지노선, 넘어가자."

형석의 말은 회의실의 다른 두 사람을 얼어붙게 만들 정도로 충격적인 것이었다. 장훈이 먼저 정신을 수습하고 입을 열었다.

"하지만 마지노선을 넘는다고 해도 작가들을 끌어들일 뭔가가 없습니다. 꿀이 있어야 벌이 모여드는 법입니다."

"정산 비율을 조정하면 돼."

"하지만 그것은……!"

형석의 대답에 장훈은 경악했다. 이미 독점화를 하면서 충분히 정산 비율을 조정했다. 이제 이 뒤는 한계였다.

"그것 또한 마지노선을 넘는다. 이번 계약만 그렇게 하면 돼. 다음 계약부터는 정상적으로 진행한다. 대표님 허락은 내가 맡도록 하지."

독선적인 형석의 태도에 장훈과 예나는 쉽게 입을 열지 못했다.

가람의 유일한 1세대 작가 김병규는 얼마 전, 북페이지 기획팀장 유상혁에게서 한 통의 문자메시지를 받았다. 오랜만에 만나서 술이나 한잔하고 싶다는 내용의 문자메시지였다.

그래서 병규는 지금 상혁과 만나기로 한 술집을 향해 발걸음을 옮기고 있었다.

"하아."

약속 장소의 근처에 도달했을 때 병규는 조용히 한숨을 쉬었다.

규현의 가람과 한창 치열한 과열 경쟁을 벌이고 있는 북페이지의 기획팀장을 만난다는 게 왠지 모르게 꺼림칙했기 때문이었다.

하지만 거절하기도 애매한 게 현재 북페이지 기획팀장을 맡고 있는 상혁은 판타지 제국에서 근무했던 시절, 병규의 대표작인 마왕 크레이스의 담당 편집자였다. 그렇기 때문에 병규와 상혁은 최근 연락이 뜸해서 그렇지 꽤 친하다고 봐도 좋을 정도였다.

"아무래도 그런 일로 만나자고 했겠지."

술집으로 들어서며 병규는 혼잣말을 중얼거렸다.

그동안 뜸하다가 이런 시기에 갑자기 연락이 왔다는 것은 역시 '그런' 의도일지도 모른다고 병규는 생각했다.

직접적으로 말하는 것은 업계의 금기였지만 가끔 은근히 권유하기도 했다.

"작가님! 여기입니다!"

딴생각을 하며 주변을 살피지도 않은 채 술집 안으로 들어가고 있던 병규를 누군가 불렀다. 그는 목소리가 들리는 방향으로 고개를 돌렸고 의자에서 일어서 자신을 향해 손을 흔들고 있는 북페이지 기획팀장 유상혁의 모습을 볼 수 있었다.

병규도 마주 보고 손을 가볍게 흔들며 그가 있는 곳으로 발걸음을 옮겼다.

병규가 의자에 앉자 상혁은 종업원을 불러 술과 안주를 주문했다.

"네. 잠시만 기다려 주세요."

종업원이 사근사근한 목소리로 말하며 오더를 전달하기 위해 테이블을 떠났고 상혁은 안경 안으로 보이는 눈동자를 반짝이며 입을 열었다.

"작가님, 리턴 테라포밍은 재밌게 읽고 있습니다. 해외에서 아주 반응이 좋다고 들었습니다."

상혁은 리턴 테라포밍으로 대화의 문을 열었다.

작가의 호감을 사기 위한 가장 교과서적이면서 쉬운 방법은 그가 출간한 작품 이야기를 하는 것이었다. 그리고 이 바닥에서 꽤 오래 굴렀다고 할 수 있는 상혁은 그 사실을 아주 잘 알고 있었다.

"국내보다는 반응이 좋긴 하죠."

아니나 다를까 약간의 경계심으로 인해 굳어 있던 병규의 표정이 조금 풀어졌다. 그것을 본 상혁은 속으로 웃음을 흘렸다.

얼마 지나지 않아서 주문한 술과 안주가 나왔다. 병규와 상혁은 술을 마시고 안주를 먹으며 가벼운 대화를 나누는 것으로 분위기를 부드럽게 만들었다.

분위기가 어느 정도 고조되자 상현이 입을 열었다.

"작가님, 차기작 작업은 잘 진행되고 있습니까?"

병규의 리턴 테라포밍은 해외 발매에 비해 한 달 정도 늦게 한국에서 발매되었지만 7월에 9권으로 완결되었다. 그래서 최근 그는 차기작 구상에 집중하고 있었다.

"예. 아무래도 열심히 하고는 있지만 쉽게 나오지는 않네요."

"아무래도 그럴 수밖에 없겠죠. 리턴 테라포밍이 크게 성공했으니까요."

상혁은 이해한다는 표정으로 고개를 끄덕였다.

규현도 그랬지만 작품 하나가 크게 성공하면 차기작을 구상할 때 상당한 부담감이 함께한다. 그래서 작가들 중에선 그 부담감을 견디지 못하고 흥행작 이후 차기작이 무너져 버리는 경우도 가끔 있었다.

"하지만 작가님이라면 차기작도 대박을 터뜨릴 수 있을 겁니다."

상혁은 그렇게 말하며 술병을 들어 올려 병구가 비스듬히 기울인 잔에 술을 채웠다.

"그렇게 말씀해 주시니 감사합니다."

"물론 훌륭한 차기작을 만들기 위해선 몇 가지 조건이 붙지만 말이죠."

"그게 무엇이죠?"

병규의 물음에 상혁은 술잔을 비웠다. 그는 얼굴에 철판을 깔고 있었지만 맨 정신에는 무리였다.

술잔을 연거푸 비운 상혁은 취기가 오르는 것을 느끼고 회사의 지시를 이행하기 위해 천천히 입을 열었다.

"최고의 기획팀과 편집팀이 최고의 작가와 함께라면 최고의 시너지 효과를 일으키는 법이죠."

"네, 가람의 편집자들은 대한민국 최고라고 볼 수 있죠."

은근히 북페이지를 어필한 것이었지만 병규는 입가에 미소를 그린 채 부드럽게 넘어가려 했다. 이미 병규도 상혁의 의도는 알고 있을 것이다. 다만 사이가 나빠지는 것이 두려워 외면할 뿐이었다.

병규의 이런 반응에 상혁은 이를 살짝 악물었다.

방금 전의 그 말로 병규는 상혁에게 한 번의 기회를 준 것이다. 상혁의 의도는 다 알고 있지만 서로 관계가 불편해지는 것을 원치 않으니 말하지 말았으면 좋겠다고 돌려 말하는 것이나 다름없었다.

그가 기회를 줬음에도 불구하고 상혁은 북페이지의 지시가 있었기 때문에 '그 말'을 꺼낼 수밖에 없었다. 그는 흔들리는 눈동자로 병규를 보며 입을 열었다.

"가람도 최고지만 다들 경험이 부족합니다. 저희 북페이지는 최고들로 이루어져 있으며 작가님을 다방면에서 서포트할 준비가 되어 있습니다."

여기까지는 조금 실례가 될 수도 있지만 충분히 있을 수 있는 제안이었다. 아직 마지노선을 넘지 않았다.

"죄송하지만 저는 이미 차기작 계약이 되어 있습니다."

"괜찮습니다. 위약금과 계약 파기에 따른 부담은 저희가 부담하겠습니다."

상혁은 마침내 마지노선을 넘고 말았다. 아니나 다를까 병규의 표정이 굳었다.

전속 계약이 아니라면 타 출판사나 매니지먼트와 계약 중인 작가를 데려갈 수 있다.

작가가 역량이 된다면 다작을 하면 되는 것이니까. 이 경우 작가를 데려간 곳과 기존의 계약을 유지하고 있는 출판사나 매니지먼트는 손해를 보지 않는다.

하지만 계약 중인 작품을 파기시킨다면 이것은 보통 일이 아니었다. 기존에 계약을 유지하고 있던 출판사나 매니지먼트는 물론이고 작가 본인마저 손해를 보는 일이었다.

위약금은 물론이고 최악의 경우 손해배상금까지 지불해야 할 수도 있기 때문이었다. 게다가 다른 출판사나 매니지먼트의 공적이 되기 때문에 가능하면 피해야 했다.

그야말로 장르 문학계의 마지노선. 그 선을 북페이지와 문학 왕국이 넘었다.

지금 북페이지는 다른 출판사나 매니지먼트의 시선을 신경 쓸 여유가 없었고 태산전자의 대금을 받은 문학 왕국의 지원을 받고 있었기 때문에 작가를 대신해서 위약금과 손해배상금을 지불할 수 있는 여유도 있었다.

그리고 무엇보다 가람에게 큰 타격을 주고 싶어 했다.

"편집자님… 아니, 이제는 기획팀장님이죠? 팀장님께선 방금 전에 하신 말씀이 얼마나 큰 후폭풍을 야기할지 모르시는 겁니까?"

병규의 표정은 굳었고 불쾌한 기색이 가득했지만 목소리만큼은 차분했고 고저가 없었다. 오히려 그 표정을 유지한 채 고저 없는 목소리로 말하는 게 다소 공포스럽긴 했지만 진심으로 걱정하는 것 같았다.

'지금 이게 얼마나 잘못된 것인지 저도 압니다. 하지만 저는 어쩔 수 없네요.'

자신과 북페이지를 진심으로 걱정하는 듯한 병규의 모습에 상혁은 어쩔 수 없다는 것을 스스로에게 속삭이며 고개를 살짝 저었다.

스스로에게 속삭이며 죄책감을 덜어내려 노력했지만 그것

은 쉬운 일이 아니었다. 병규의 시선이 가슴을 찌르는 듯했다.

"작가는 더 나은 출판사나 매니지먼트를 선택할 권리가 있습니다. 계약에 묶여서 그 권리를 행사할 수 없다면 저희가 도와드려야죠. 차기작 계약을 하실 때와 지금 마음이 달라지셨을 수도 있지 않을까요?"

"그건 궤변입니다."

병규는 상혁의 말을 정면으로 반박했다. 상혁은 미소를 지으며 술잔을 비웠다. 술이 계속 들어갈 정도로 마음이 편치 않았다.

"어쩌면 궤변일 수도 있죠. 하지만 제 입장을 이해해 주셨으면 합니다."

"제 앞에 계신 게 팀장님이 아니었다면 벌써 일어났을 겁니다."

상혁의 술잔을 채워주며 병규가 말했다.

마왕 크레이스가 출간되기 전 그는 꽤 힘든 시간을 보내고 있었다. 그때 담당 편집자였던 상혁은 병규에게 많은 도움을 줬었다. 그 시절을 기억하고 있기 때문에 병규는 불쾌한 제안에도 불구하고 바로 일어나 나가지 않은 것이다.

"10시까지만 제 이야기를 들어주시면 정말 감사할 것 같습니다."

"네. 10시까지는 이야기를 들어드리죠. 하지만 거기까지입니다."

"네. 그 정도만 해주셔도 저는 정말 감사할 겁니다."

10시까지 이야기를 들어주겠다는 병규의 말에 상혁은 입꼬리를 살짝 끌어 올렸다. 현재 시간은 9시였다. 남은 1시간 정도의 시간 동안 그를 설득할 자신이 있었다.

상혁이 그런 자신감을 가질 수 있을 정도로 북페이지에서 준비한 조건은 좋았다.

"그럼 바로 본론으로 들어가겠습니다."

준비해 둔 사탕발림과 서론은 많았지만 시간이 1시간 정도밖에 없었기 때문에 상혁은 바로 본론으로 들어가기로 했다.

1시간은 이런 중요한 이야기를 하기엔 많지 않았다.

"이게 현재 저희 북페이지에서 김병규 작가님께 제안하는 계약 조건입니다."

상혁이 조심스럽게 건네는 작은 종이를 병규는 고개를 저으며 받았다. 그리고 종이를 확인한 순간 병규의 두 눈이 동그랗게 커졌다.

"이런 계약 조건이면 정말 많이 팔지 않는 이상 북페이지에 손해만 가지 않습니까?"

병규가 말했다.

상혁이 그에게 준 종이에 적혀 있는 계약 조건은 작가에게 상당히 유리했다. 아니, 유리한 정도가 아니었다.

정산 비율이 작가에게 가장 유리하게 조정되어 있었다. 그 비율은 작가가 작품을 엄청나게 많이 팔지 않는 이상 출판사나 매니지먼트는 반드시 손해를 볼 수밖에 없는 수준이었다.

"저희는 작가님이 많이 팔 것이라 생각하기 때문에 이런 조건을 제안하는 겁니다."

상혁이 말했다.

다른 작가들은 아직 만나지 않았지만, 그들에겐 병규처럼 높은 정산 비율을 보장해 주진 않을 것이다. 다만 다른 출판사나 매니지먼트에 비해선 압도적으로 높은 정산 비율을 제안하게 될 것이다.

병규는 1세대 작가였기 때문에 여러 의미로 특별했기 때문에 다른 작가들과는 달랐다.

물론 북페이지의 통상 계약 조건이 이렇게 변경된 것은 아니다. 태산전자에서 대금을 받은 문학 왕국의 지원을 받는 동안 가람의 작가를 빼내기 위한 임시 조치였다.

"계약금도 선인세가 아닌 형식으로 5,000만 원 지급해 드릴 의향이 있습니다. 그리고 다른 1세대 작가님들처럼 마케팅을 우선적으로 해드리겠습니다."

상혁의 말에 병규는 잠깐 흔들렸으나 규현을 떠올리고는 고개를 저었다. 흔들릴 수밖에 없는 조건이었다.

정산 비율은 최상이고 계약금은 5,000만 원. 거기다가 마케팅까지 우선적으로 해준다고 하니 흔들릴 수밖에 없다. 그럼

에도 불구하고 병규는 마음을 다잡았다.

절필에 가까운 상황에 부딪쳤던 자신이 다시 펜을 잡게 해
주고 또 해외에서 성공하게 해준 규현을 배신할 수가 없었다.

계약 파기가 배신을 의미하는 것은 아니었다. 하지만 이런
식으로 계약을 파기하는 것은 배신이라고 병규는 생각했다.

"죄송하지만 저는 정규현 대표님을 배신할 수 없습니다."

"그렇군요. 어쩔 수 없네요."

병규의 대답에 상혁은 고개를 저었다. 모든 것을 예상하고
있었다는 표정이었다. 그는 천천히 짐을 챙겼다.

"벌써 10시가 되었습니까?"

"제 스마트폰이 고장 난 것 같네요. 자세한 시간을 알 수
없지만 10시가 된 것 같으니 일어나 보겠습니다."

상혁이 먼저 일어나고 병규는 시간을 확인했다. 9시 40분
에 불과했다. 계산을 하려고 했지만 이미 상혁은 계산을 하고
나간 뒤였다.

술집을 나오니 쓸쓸한 그의 뒷모습을 볼 수 있었다.

'내일 날이 밝자마자 정규현 대표님에게 연락을 드려야겠
다.'

상혁의 뒷모습이 어둠 속에 사라지고 병규는 생각했다. 자
신에게 먼저 제안이 왔다고 해도 다른 작가들에게 제안이 가
는 것은 시간문제일 것이다. 미리 경고해야 했다.

칠흑팔검과 함께 금진 빌딩 근처의 한정식 식당에서 점심을 해결하고 사무실로 돌아온 규현은 대표실에 앉아 업무를 보기 전 잠깐의 휴식을 즐기고 있었다.

그때 한 통의 전화가 걸려 왔다.

―대표님, 지금 잠시 통화 가능하세요? 급한 일입니다.

전화를 건 사람은 가람의 유일한 1세대 작가인 김병규였다. 그는 가끔씩 규현에게 안부 전화를 하는 편이었고 그럴 때마다 반갑게 받아주었던 규현이었지만 지금은 마냥 반갑게 받아줄 수 없었다.

병규가 급한 일이라고 말했기 때문에 반가운 감정보단 알 수 없는 불길함이 엄습해 왔다.

"네, 통화 가능합니다. 마침 쉬고 있었거든요."

―실은 어제 북페이지의 유상혁 기획팀장과 만났습니다.

"예."

북페이지의 기획팀장은 규현도 몇 번 만난 적이 있었다.

기억나는 특징이라곤 안경을 끼고 있다는 것 하나밖에 없을 정도로 평범한 얼굴이었지만 상당히 유능한 사람인 걸로 기억하고 있었다.

―가람과의 계약 파기에 대한 모든 것을 책임져 줄 테니 자기네들한테 오라고 제안하더군요. 그리고 작가에게 많이 유리

한 계약 조건을 제시했습니다.

"계약 조건을 말해줄 수 있겠습니까?"

규현이 차분하게 북페이지에서 제시한 계약 조건에 대해 묻자 병규는 모두 말해주었다.

"세상에… 그게 사실입니까?"

병규에게서 북페이지가 제시한 계약 조건을 들은 규현은 크게 놀랄 수밖에 없었다. 정산 비율부터 시작해서 북페이지가 손해 보지 않는 부분이 없었다.

―놀랍게도 사실입니다. 하지만 통상 계약 조건을 이렇게 변경한 건 아닌 것 같습니다.

"아무래도 그렇겠죠. 통상 계약 조건을 그렇게 변경하면 얼마 못 가서 망합니다."

병규의 말에 규현이 대답했다.

통상 계약 조건을 병규가 보고한 조건으로 변경했다면 북페이지는 얼마 지나지 않아서 망할 게 분명했다.

작가가 어느 정도 대박을 치지 않는 이상 북페이지가 절대적인 손해를 볼 수밖에 없는 계약 조건이었고 어느 정도 성적이 좋다고 해도 그렇게 큰 이익은 취하기 힘든 정도였다.

아마도 병규에게만 한정된 특별한 조건이라고 규현은 생각했다. 그렇지 않고서야 이해하기 힘들었다.

"아마 김병규 작가님만을 위한 특별한 조건인 것 같네요.

그렇지 않고서야 북페이지가 그렇게 무리할 이유도 없습니다. 작가님만 데려가면 1세대 작가 대부분을 손아귀에 넣는 셈이 되니까… 뭔가 시너지 효과라도 기대했겠죠."

―네. 일단은 저도 그렇게 들었습니다. 하지만 이 정도 조건은 아니지만 어느 정도 비슷한 수준의 조건으로 가람의 다른 작가들에게도 가람과의 계약 파기 및 북페이지와의 계약을 권유할 것처럼 유 팀장님이 말하더군요.

"그게 사실입니까?"

―예. 사실입니다. 술도 조금밖에 마시지 않았기 때문에 확실히 들었습니다.

병규의 말에 규현은 심각한 표정이 되어 검지로 책상을 두드렸다. 그의 말이 사실이라면 북페이지는 넘어서는 안 될 선을 넘은 것이다.

비슷한 수준의 계약 조건은 병규도 모르는 것 같아서 아직까진 자세히 알 수 없었지만 어느 정도 계약 조건이 비슷한 면이 있다고 봤을 때, 북페이지는 과한 출혈을 감소하고서라도 가람을 죽이려고 하는 것 같았다.

"다른 출판사와 매니지먼트들도 적으로 만들 셈인가 보군요."

이미 계약 중인 작가와 계약하는 건 어느 정도 용인되는 일이지만 그 계약을 파기시키면서 자신들의 출판사나 매니지먼트로 데려오는 것은 거의 금기시되는 일이었다.

그래서 규현도 직접적으로 문학 왕국과 북페이지의 작가들을 빼 오지 않고 단순히 소문을 흘려 유혹한 것이었다.

단순히 달콤한 꿀로 유혹하는 건 크게 상관이 없었다.

먼저 제안을 한 것도 아닌 상태에서 작가들의 선택으로 이루어지는 일이었으니까, 업계는 작가들의 선택을 존중했다. 하지만 제안을 해서 작가들의 선택을 과하게 유도하는 게 있다면 그건 이야기가 달라진다.

넘어서는 안 되는 선을 넘는 것이다.

─아마도 그럴 것 같네요. 물론 저는 거절했습니다.

"그렇군요. 일단 이 문제는 직원들과 이야기해야겠습니다. 북페이지나 문학 왕국에서 이런 행동을 보이는 것은 그냥 넘길 문제가 아닙니다. 미리 말씀해 주셔서 감사합니다."

─네, 그럼 수고하세요.

"네, 건필하세요."

전화 통화가 끝나고 규현은 피곤한 표정으로 의자 등받이에 몸을 기대어 눈을 감았다. 쉴 틈을 주지 않고 연이어 쏟아지는 시련에 지치고 지쳐서 너무 쉬고 싶었지만 쉴 수 없었다.

"하아, 미칠 것 같다."

규현은 짜증 섞인 한숨을 내뱉었다. 스트레스가 장난 아니었다. 어쩌면 스트레스 때문에 차기작 구상이 제대로 안 되는 것일 수도 있다고 그는 조심스럽게 생각해 보았다.

똑똑.

"들어오세요."

평소와는 달리 조금은 급하게 들리는 노크 소리에 규현은 자세를 바로 한 뒤 들어와도 좋다고 말했다. 이윽고 문이 열리며 칠흑팔검이 심각한 표정으로 조심스럽게 걸어 들어왔다.

"대표님, 급히 말씀드릴 게 있습니다."

"네, 말해보세요."

칠흑팔검이 무슨 말을 할지 규현은 대충 알 수 있었다. 아마 그의 예상이 틀리지 않다면 병규와 비슷한 내용을 말할 것이다.

"문학 왕국과 북페이지에서 조직적으로 저희 가람의 작가들을 빼내려는 시도를 했습니다."

예상대로였다. 규현은 비교적 침착한 표정으로 고개를 끄덕였다.

"몇 명이나 넘어갔습니까?"

"어제부터 시작된 것으로 보이고 3명이 계약 파기 사실을 전해왔습니다. 그리고 저를 포함해 담당 편집자들에게 북페이지와 문학 왕국으로부터 연락을 받았다는 사실을 알린 작가의 수는 4명 정도입니다."

계약 파기 사실을 전해온 작가 3명을 제외하면 연락을 받왔나는 사실을 알려온 작가는 4명. 연락을 받고도 모른 척하는 작가들이 있을 수도 있으니 연락을 받은 작가들의 수는 정확하게 추정할 수 없지만 최소 7명이었다.

그들이 전략적으로 움직인다면 병규에게 먼저 제안했을 게 분명했다. 어제 밤부터 시작해서 오늘 점심시간을 지난 오후인 지금까지 최소 7명.

'많이도 연락했군.'

아무래도 부지런히 움직인 것 같았다.

"작가들에게 연락해서 혹시나 북페이지나 문학 왕국에서 연락 오면 바로 말해달라고 해주세요."

"알겠습니다."

이런 상황에서 가장 중요한 것 중 하나가 어떤 작가들이 연락을 받고 또 어떤 작가들이 떠나는지 정확하게 파악하는 것이었다.

"그나저나 빠져나간 3명의 작가는 누구입니까?"

규현의 물음에 칠흑팔검은 그들이 누구인지 말했다. 세 사람의 이름과 필명을 들은 규현은 고개를 끄덕이며 입을 열었다.

"다행히 가람에 들어온 지 얼마 되지 않은 작가들이네요. 어느 정도 이해는 갑니다."

규현이 말했다.

방금 칠흑팔검이 말한 3명의 작가들은 처음 가람에 들어올 때도 성적이 괜찮았고 계약할 때도 선인세를 전혀 받지 않은 작가들이었다.

성적이 괜찮았고 들어온 지 얼마 되지 않았기 때문에 규현의 도움도 전혀 받지 않았다.

한마디로 정의하자면 가람에 대한 일종의 충성도가 낮은 작가들이라고 할 수 있었다.

이들에 비해 좋지 않은 성적으로 들어와서 중상위권이나 상위권까지 규현의 도움으로 성적을 높인 작가들은 가람에 대한 충성심과 규현에 대한 신뢰도가 무한했기 때문에 당장은 걱정이 없을 것 같았다.

만약 충성 작가 층이 이탈했다면 아주 심각했겠지만 이탈한 작가 3명은 이제 막 들어온 작가들이었기 때문에 규현은 조금이나마 마음을 놓을 수 있었다. 하지만 북페이지와 문학왕국은 만만치 않은 상대이기 때문에 방심할 순 없었다.

"일단 상황은 지켜봐야 할 것 같습니다. 며칠 동안 상황을 지켜보죠."

"알겠습니다."

규현은 며칠 동안 상황을 지켜보기로 하고 칠흑팔검은 대답과 함께 대표실을 나갔다. 그리고 며칠 뒤 회의 시간이 찾아와 가람의 직원들이 회의실에 모였다.

며칠 동안 상황이 영 좋지 않게 흘러갔는지 테이블 중앙에 앉아 있는 규현의 표정은 별로 좋지 않았다.

뒤늦게 들어온 하은이 인쇄한 보고서를 모두의 앞에 나누어 주었다. 하은이 본격적으로 보고하기 전에 규현과 직원들은 보고서를 한 번 읽어 보았고 표정이 안 좋아졌다.

보고서 내용이 긍정적이진 않은 것 같았다.

"그럼 보고드리겠습니다."

하은이 보고서를 들고 일어났다. 모두의 시선이 그녀에게 집중되는 가운데, 그녀는 차분하게 심호흡을 하고는 천천히 입을 열었다.

"약 8일 동안 42명의 작가가 문학 왕국 또는 북페이지의 제안을 받은 것으로 보이며 그중 3분의 1인 14명이 온갖 이유로 계약 파기를 요청했습니다. 최근 계약 파기를 요청한 몇 명을 제외하면 모두 계약 파기가 끝난 상황입니다."

작가가 위약금까지 준다면서 계약 파기를 통보하면 회사에서 취할 수 있는 방법은 많이 없었다. 애초에 작가가 계약을 파기할 수 있는 방법은 너무나 많았다.

원고를 주지 않는 게 가장 대표적인 방법 중에 하나였다.

원고가 오지 않으면 연재가 되지 않고 작가가 가장 치명적인 타격을 입지만 출판사도 타격을 입을 수밖에 없다.

그리고 애초에 떠나겠다는 작가를 잡아봤자 좋은 꼴은 못

보기 때문에 규현은 이탈하는 작가들을 잡지 말라고 일러두었다.

"계약 조건은 알아냈습니까?"

"네. 2페이지를 보시면 북페이지와 문학 왕국에서 제시한 계약 조건에 대해 상세히 나와 있습니다."

하은의 말에 여기저기서 페이지를 넘기는 소리가 들려왔다. 규현도 다른 직원들과 마찬가지로 페이지를 넘겨 2페이지를 보았다.

"이게 정말 북페이지와 문학 왕국에서 제시한 계약 조건이라는 말입니까?"

"저도 비슷한 조건으로 제안을 받았으니, 확실합니다."

석규가 경악했고 칠흑팔검이 사실을 확인해 주었다.

칠흑팔검에게 접촉해 온 곳은 문학 왕국이었는데, 그가 가람의 편집기획실장은 맡고 있다는 것은 업계에서 비밀이 아니었다. 그런데도 불구하고 접촉해서 제안을 했다는 것만 봐도 가람을 얼마나 무시하고 있는지 대충 알 수 있었다.

"보고서에는 적혀 있지 않지만 평균적으로 신인 작가들에게도 평균 1,000만 원의 계약금을 제안했다고 합니다."

"14명의 작가들이 넘어간 것도 어느 정도 이해가 되네요."

석규의 말에 직원들은 고개를 끄덕였다. 위약금과 모든 위험을 부담하고 1,000만 원 정도의 계약금을 주며, 정산 비율도 엄청나게 유리하게 챙겨준다면 흔들릴 수밖에 없는 것이다.

그나마 가람에 들어온 작가들은 대부분 규현의 도움을 받은 적이 있기 때문에 그에 대한 신뢰가 바탕이 되어 있어서 이탈한 작가들이 예상보다 적은 것이었다.

"이대로 가만히 있어서는 안 됩니다. 뭔가 대책을… 잠시만요."

열변을 토하던 규현은 문자메시지가 왔다는 알림음을 듣고 잠시 스마트폰을 꺼내 문자메시지를 확인했다.

그는 사업가였고 급한 일이 생길 수도 있기 때문에 늘 문자메시지는 그 자리에서 확인하는 편이었다.

[파란책 기획팀장 조규태입니다. 작가님, 아주 급한 문제입니다. 문자메시지 확인하는 대로 전화 부탁드립니다.]

다급한 심정이 선명하게 느껴지는 문자메시지였다.

"급한 일인 것 같으니 잠깐 전화 통화 좀 하고 오겠습니다. 하은 씨, 먼저 진행하고 있어요."

"알겠습니다."

규현은 모두에게 양해를 구한 뒤 회의실을 나왔다. 사무실에선 예리와 현지가 원고 작업에 집중하고 있었기 때문에 그

들을 방해하지 않기 위해 복도로 나왔다. 그리고 복도 끝 창
문에 서서 규태에게 전화를 걸었다.

　―작가님, 정말 큰일 났습니다.

　"무슨 일이죠?"

　―31명의 작가를 잃었습니다.

60장

공동 대응

　규태는 대뜸 31명의 작가를 잃었다고 말했지만 규현은 무슨 말인지 바로 이해할 수 있었다.

　"북페이지와 문학 왕국이 파란책 작가들에게도 손을 뻗은 겁니까?"

　―네. 저희 나름대로 파악하고 있는데 40명 정도의 작가에게 연락이 간 것 같습니다. 그리고 그들 중 31명의 작가가 문학 왕국과 북페이지로 넘어갔습니다.

　규태가 울먹이는 듯한 목소리로 말했다. 40명 중에서 31명이 넘어갔다면 보통 심각한 일이 아니었다. 거의 대부분이 넘어갔다는 소리였다.

평소 단체 채팅방까지 운영하며 작가와의 관계를 원활하게 이끌어 온 파란책이었지만 압도적인 돈의 세례 앞에선 속수무책으로 당할 수밖에 없었다.

"주요 작가들은 얼마나 빠져나갔습니까?"

냉정하게 들릴지 모르겠지만 빠져나간 작가의 수는 중요하지 않았다. 그들이 얼마나 중요한 작가들이냐가 중요했다.

1,000만 원의 수익을 안겨주는 작가 1명의 이탈과 100만 원의 수익을 내주는 작가 5명의 이탈이 회사에 입히는 피해는 다를 수밖에 없었다.

"리수펙 작가님을 포함해 좋은 성적을 내고 있던 작가님 9명이 탈주했습니다."

리수펙은 규현도 알고 있는 작가였다. 실제로 만나본 적은 없지만 이름을 들어보고 그의 스탯을 본 적이 있었다.

규현의 기억이 틀리지 않다면 그는 A급 작가이면서 A급 작품을 첫 작품으로 내놓은 괴물 같은 신인 작가였다. 파란책에서 그를 영입하려고 꽤 노력했던 것으로 알고 있었다.

그는 파란책에서 밀어주고 있는 거물 신인 작가였는데, 그를 포함해 9명의 거물 작가가 탈주했다고 하니, 파란책 입장에선 많이 화가 날 것 같았다.

"실례가 안 된다면 그 성적이 좋은 작가 9명의 이름을 알 수 있을까요?"

알아내려고 하면 알아낼 수 있지만 아무래도 직접 듣는 게 편하고 좋을 것 같았다.

─어렵지 않죠. 당장 알려 드리겠습니다.

그는 곧바로 규현에게 작가들의 필명을 말해주었다. 규태가 거론한 작가들은 하나같이 유명한 작가들이었다.

'무섭군. 북페이지, 그리고 문학 왕국… 인기 작가들까지 움직일 줄이야.'

규현은 경악할 수밖에 없었다.

보통 인기 작가들은 이미지를 상당히 많이 신경 쓰기 때문에 계약을 파기하고 탈주하는 것을 꺼리는 편이었다. 그래서 규현이 달콤한 소문을 흘렸을 때에도 문학 왕국과 북페이지의 상위권 이상의 작가들은 움직이지 않거나 소수만 움직였으며 최상위권은 움직이지도 않았다.

규태가 말한 9명은 파란책의 상위권 이상 작가들이었고 심지어 최상위권 작가도 리수펙을 제외하고도 1명 더 있었다.

"상당히 타격이 크시겠네요."

─네. 그렇지 않아도 대표님께서 화가 많이 나셨습니다.

규태의 말에 규현은 파란책 대표를 떠올렸다. 그의 이름은 강광진으로 언제나 장난기가 많고 화를 잘 내지 않는 것으로 유명했다. 그가 화를 낼 정도니… 상황이 얼마나 좋지 않은지 알 수 있었다.

"이대로 가만히 있을 생각은 아니죠?"

규현은 창밖으로 보이는 풍경을 보며 말했다.

—물론입니다. 문학 왕국과 북페이지의 만행을 당장 다른 출판사와 매니지먼트에 알릴 생각입니다.

"잘 생각하셨습니다."

규태는 흥분한 목소리로 말했다. 규현은 동조하듯 말했다.

문학 왕국과 북페이지는 하나의 실수를 저질렀다. 바로 파란책을 건든 것이었다. 이것으로 파란책은 문학 왕국, 그리고 북페이지와 확실하게 적대적인 관계를 구축하게 되었다.

문학 왕국과 북페이지가 경솔하게 움직이지만 않았어도 파란책은 완전한 적이 아닌 잠재적인 적으로 남아 있었을 것이다. 물론 어쩌면 문학 왕국과 북페이지에선 잠재적인 적을 더욱 위험한 존재로 인식하고 있었을 수도 있지만.

"저희 가람은 최대한 파란책을 지원하겠습니다."

—정말 감사합니다. 대표님께서도 기뻐하실 겁니다.

"언제 한번 대표님을 뵙고 싶군요."

—대표님도 비슷한 생각이실 겁니다. 조만간에 자리를 마련하겠습니다.

"부탁드리겠습니다."

문학 왕국과 북페이지의 경솔한 행동으로 인해 파란책을

아군으로 얻고 다른 출판사와 매니지먼트들을 잠재적인 아군으로 확보하게 되었다.

전화 통화가 끝나고 규현은 다시 회의실로 돌아갔다.

"자리를 비워서 죄송합니다."

"대응 방법에 대해서 논의하고 있었습니다."

회의실 문을 열고 들어간 규현이 자리에 앉자 하은이 어떤 안건을 논의하고 있었는지에 대해 말해주었다.

의자에 앉은 규현은 얼음이 많이 녹은 탓에 연해진 커피를 한 모금 마시며 하은이 정리한 서류를 다시금 확인했다.

"회의를 계속 진행하기에 앞서 전달 사항이 있습니다."

직원들의 시선이 규현에게 집중되었다. 그는 커피를 한 모금 마신 뒤 어두운 표정으로 입을 열었다.

"파란책에서도 작가 31명이 탈주했다고 하네요. 물론 배후는 문학 왕국과 북페이지입니다."

규현의 말이 끝나기 무섭게 회의실 안에서 작은 소란이 일었으나 곧 잠잠해졌다.

"파란책에겐 유감스러운 일이지만 저희에겐 긍정적인 상황입니다."

"설명 부탁합니다."

규현은 대충 그 이유를 알고 있었지만 다른 직원들 중에 모르는 사람이 있을 수도 있기 때문에 석규에게 설명을 요구했다.

"문학 왕국과 북페이지가 저희 가람만을 대상으로 삼았다면 그들이 금기를 깼다고 해도 다른 출판사나 매니지먼트들이 쉽게 움직이지 않을 것입니다. 하지만 파란책도 대상으로 삼는 것으로 업계의 출판사와 매니지먼트들로 하여금 자신들도 대상이 될 수 있다는 불안감을 심어주었습니다."

"이제 다른 출판사나 매니지먼트들도 문학 왕국과 북페이지를 경계하겠군요."

석규의 말을 일도가 완성시켰다.

양아치가 늘 돈을 뜯던 상대가 아닌 다른 사람에게도 돈을 뜯는다면 모두 자신이 그 대상이 될지도 모른다고 생각하며 경계하는 것과 비슷한 것이다.

"문학 왕국과 북페이지가 무덤을 팠습니다. 이제 가람은 다른 출판사 및 매니지먼트들과 공동으로 움직이면 될 것 같습니다."

하은의 말에 규현은 턱을 긁적이며 생각을 정리했다. 그녀의 말대로 다른 출판사 및 매니지먼트들과 공동으로 대응하는 게 가장 효율적일 것 같았다. 하지만 그것만으로는 부족했다.

"공동으로 어떤 행동을 취하는 게 좋겠습니까?"

"그것은……."

규현의 질문에 하은은 쉽게 대답하지 못했다. 미처 생각하지 못한 것 같았다.

연계하는 것은 좋지만 연계해서 어떤 행동을 취할 것인지가 중요했다. 그냥 연계만 하여 단순히 문학 왕국과 북페이지에 불리한 여론을 조성하는 것에 그친다면 그것은 그들에게 큰 타격을 주지 못한다.

"문학 왕국과 북페이지의 작가들을 '직접' 빼내 오는 것은 어떻겠습니까?"

"하지만 그것은 리스크가 너무 큽니다."

칠흑팔검이 과감한 의견을 내세웠다.

하은은 반대했지만 규현은 칠흑팔검과 같은 생각이었다. 문학 왕국과 북페이지에 어느 정도 타격을 주려면 이 방법이 가장 효율적이었다.

하은은 리스크를 말하며 역풍을 걱정하고 있었지만 사실 그것은 크게 걱정할 필요 없었다. 다른 출판사 및 매니지먼트들과 공동으로 움직여서 문학 왕국과 북페이지의 작가들을 빼내면 되는 것이다.

문학 왕국과 북페이지는 먼저 금기를 어기는 것으로 가람과 다른 출판사와 매니지먼트들에게 명분과 면죄부를 주었다.

"칠흑팔검 작가님의 말대로 하는 게 좋을 것 같습니다."

규현의 말에 칠흑팔검에게 고정되어 있던 하은의 시선이 규현에게 향했다.

"하지만 대표님!"

"리스크는 걱정할 필요 없을 겁니다. 다른 출판사와 매니지먼트들도 아마 우리와 함께 행동할 것입니다."

이미 명분과 면죄부는 부여되었으니 이익을 추구하는 출판사와 매니지먼트들은 자신들의 덩치를 키울 수 있는 이 기회를 놓치지 않을 것이다.

"하지만 대표님, 문학 왕국은 물론이고 북페이지도 바보는 아닙니다. 저희가 어떻게 대응할지 대충 예상했을 겁니다. 그럴 수밖에 없는 게… 지금 저희의 대응은 그야말로 교과서적이라고 해도 좋을 정도니까요."

"아마도 그럴 겁니다. 하은 씨도 아시겠지만 이번에 태산전자를 통해 들어온 압도적인 자금으로 주요 작가들을 이미 꽉 잡아두었을 겁니다."

규현도 어느 정도 예상하고 있었다. 태산전자의 최인한이 광고를 의뢰하면서 반쯤 불법적인 의도로 들어온 막대한 자금을 동원해 작가들을 붙잡고 있을 것이다.

"형, 그럼 방법이 없는 거 아니에요?"

상헌이 물었다. 규현은 미소를 지으며 고개를 저었다.

"아니, 방법이 있어."

"그것이 무엇입니까?"

칠흑팔검도 궁금한 얼굴이었다.

"돈으로 막으려 한다면 더 압도적인 금액의 돈으로 밀어붙이면 되는 겁니다. 모든 비용은 제가 지원하도록 하겠습니다."

규현의 말에 하은은 걱정스러운 눈빛으로 그를 보았다.

"하지만 대표님, 그렇게 되면 너무 많이 쓰시는 거 아닌가요? 저번에도 그랬고……."

하은의 걱정스러운 목소리에 규현은 입가에 미소를 지으며 입을 열었다.

"돈이 나올 구멍이 하나 있습니다. 그러니 다들 걱정 마시고 움직일 준비나 해주세요."

그렇게 말하며 규현은 기태를 떠올렸다. 지은의 일을 해결할 때 도움을 주기로 했지만 사소한 도움 정도는 추가로 받을 수 있을 것 같았다.

말 그대로 사소한 도움 말이다.

회의는 얼마 지나지 않아서 끝났고 규현은 가장 먼저 기태와 약속을 잡았다. 그는 전화상으로 중요한 이야기를 하는 것을 싫어했기 때문에 직접 만나야만 했다.

그는 규현에게 꽤 늦은 시간에 만날 것을 제안했다. 그래서 규현은 퇴근 후 오피스텔로 돌아가 차기작 구상을 한 후에 다시 약속 장소로 이동했다.

밤 10시를 넘긴 늦은 시간, 한강의 공터에는 고급 세단 한 대가 정차해 있었다.

'저거네.'

기태가 문자메시지로 번호판을 찍어서 보내준 게 있었지만 굳이 확인할 필요도 없이 눈앞의 세단은 기태의 것이 확실한 것 같았다.

규현은 차량 앞으로 다가갔다.

어둡긴 했지만 희미하게나마 기태의 윤곽을 볼 수 있었다. 규현을 알아본 기태는 손짓을 하는 것으로 그에게 들어오라는 신호를 보냈다. 규현은 고개를 살짝 끄덕인 후에 문을 열고 조수석에 탑승했다.

"오늘 저를 보자고 한 이유가 뭡니까?"

규현이 조수석에 앉고 문을 닫기 무섭게 기태가 물었다.

"조만간에 문학 왕국과 북페이지를 궁지에 몰아넣을 수 있을 것 같습니다."

"그거 잘된 일이군요."

"다른 출판사와 매니지먼트들과 연합해서 문학 왕국과 북페이지의 작가들 빼낼 겁니다. 그들은 이걸 막기 위해 태산전자에게서 받은 광고비를 모두 소진하겠죠."

규현의 예상이 틀리지 않다면 문학 왕국과 북페이지는 작가들을 빼앗기지 않기 위해 온갖 노력을 다할 것이다 장기적으로 본다면 작가들을 뺏기는 게 엄청난 손실이기 때문에 돈을 아끼지 않을 것으로 보였다. 특히 그들은 최인한이라는 돈줄이 있기 때문에 더욱 그런 모습을 보일 것이다.

"최인한은 저를 밟고 싶어 하니 반드시 추가 자금을 지원할 겁니다."

"잘하고 있습니다. 훌륭해요."

"그런데 말입니다."

규현은 고개를 돌려 기태를 보았다. 규현의 시선을 느낀 기태도 규현을 향해 시선을 옮겼다.

"확실하게 하려면 다른 출판사나 매니지먼트들에도 자금을 지원해야 할 것 같은데… 저희는 그럴 여력이 없단 말이죠."

"무슨 말씀인지 알 것 같습니다. 얼마가 필요합니까?"

"그건 이기태 씨, 당신이 정하면 됩니다."

"10억 원을 지원하겠습니다. 지금 당장 움직일 수 있는 현금은 그게 전부입니다."

기태의 말에 규현은 살짝 놀랐다. 현금 10억 원이면 매우 큰돈이었다. 그렇게 많은 돈을 흔쾌히 내주겠다는 것을 봐도 이번 일에 기태가 얼마나 신경을 쓰고 있는지 알 수 있었다.

기태로부터 10억 원이라는 현금을 지원받은 규현은 신속하게 움직였고, 여러 출판사 및 매니지먼트의 대표들을 만났다.

파란책과 제이엔 미디어와 같이 가람에게 우호적인 출판사와 매니지먼트의 대표들과 먼저 접촉했다.

파란책은 당연히 함께할 것을 약속했고 제이엔 미디어도 고민하는 듯했지만 합류를 결정했다.

파란책과 제이엔 미디어 다음으로는 조아 북스, 그리고 한지와 접촉했다. 그들도 흔쾌히 합류를 결정했지만 그다음으로 만난 세븐 북스와 같은 작은 출판사나 매니지먼트들은 보복을 두려워하기도 했고 작가들을 빼내 올 때 동원할 자금이 부족한 관계로 합류를 거절했다.

"남은 곳은 판타지 제국과 오성 북스인가……."

업계에 존재하는 대부분의 출판사나 매니지먼트 대표를 만나 보았고 파란책과 제이엔 미디어, 한지와 조아 북스의 협력 약속을 얻어냈지만 아직 부족했다.

보다 확실하게 움직이기 위해선 문학 왕국의 공식 출판사인 판타지 제국과 오성 북스, 두 곳을 포섭할 필요가 있었다.

이번 사건은 이미 하은이 충분히 커뮤니티를 통해서 널리 퍼뜨렸으니 판타지 제국과 오성 북스에서도 문학 왕국과 북페이지를 경계하고 있을 것이다.

특히 오성 북스는 한창 밀어주고 있었던 기계 작가가 문학 왕국으로 넘어간 적이 있어서 문학 왕국을 별로 좋아하지 않았다.

기계 작가가 문학 왕국으로 넘어가는 건 아무런 문제가 없었고, 기계 작가 본인의 선택이었지만 오성 북스의 대표 조찬욱은 다소 속이 좁은 인물이었기 때문에 마음속 깊은 곳에 담아두고 있었다.

"판타지 제국과 오성 북스를 포섭하면 문학 왕국과 북페이지를 효과적으로 견제할 수 있을 뿐만 아니라, 가람의 사업 규모 확장에도 큰 도움이 됩니다."

규현의 혼잣말을 들은 하은이 설명을 보충했다.

"아마도 그렇겠죠. 두 출판사를 포섭하고 문학 왕국 공식 출판사에서 물러나게 하면 신인 작가의 유입도 크게 줄어들 겁니다."

현재 독점 전쟁에서 문학 왕국이 동시 연재를 금지하고도 살아남을 수 있었던 이유는 북페이지와 판타지 제국, 그리고 오성 북스와 긴밀한 관계를 유지하고 있었기 때문이었다. 그들로부터 안정적으로 작품을 공급받고 또 공급한다. 그뿐만 아니라 이름 있는 출판사 두 곳을 공식 출판사로 두어 그들과 계약하고 싶어 하는 워너비들을 효과적으로 문학 왕국에 유치할 수 있었다.

"신인 작가 유입이 줄어들면 공급에 차질이 생기죠."

"그리고 저희는 문학 왕국과 북페이지의 작가들을 빼 올 것이기 때문에 그들은 공급에 치명적인 타격을 입을 것입니다."

"아마도 다시는 일어서지 못할 수도 있겠군요."

규현의 말에 하은은 고개를 끄덕였다.

그녀는 창밖을 향해 시선을 옮겼다. 여름이라 그런지 밖에선 열기가 느껴지는 것 같았다. 한참 동안 밖을 향했던 그녀의 시선이 다시 규현에게 향했다.

"그런데 괜찮으시겠습니까? 문학 왕국이 정말로 일어서지 못할 수도 있습니다."

규현은 두 눈을 감고 생각을 정리했다.

"이참에 확실하게 정리하는 게 좋을 것 같습니다."

규현이 대답했다.

여러 방면으로 생각해 보았지만 아무래도 확실히 정리하는 게 좋을 것 같았다. 괜히 불씨를 남겨두었다간 큰 불길이 되어 다시 덮쳐올 것이다.

"그건 저도 찬성입니다. 다소 비정해 보일 수도 있지만 확실하게 하지 않으면 저희는 또 다시 곤란한 상황을 겪고 말 겁니다."

대표실 구석에서 잠자코 하은과 규현의 대화를 듣고 있던 칠흑팔검이 규현을 지지하는 발언을 했다.

"역시 그런 게 좋겠죠. 그런 의미에서 하은 씨? 판타지 제국 대표님 전화번호 알고 계시죠?"

규현의 물음에 하은은 고개를 끄덕이며 입을 열었다.

"네, 물론 알고 있습니다."

하은은 가람에 오기 전에 판타지 제국에서 꽤 오랜 시간 동안 편집자로 있었다. 판타지 제국 대표의 전화번호 정도는 알고 있었다.

"판타지 제국 대표님에게 제 번호를 전달해 주세요. 할말 있다는 것도 같이 전달해 주시고요."

하은에게 판타지 제국 대표의 전화번호를 전달받아서 직접 전화를 거는 방법도 있었지만 규현은 하은을 통해 우회하는 방법을 선택했다.

이렇게 하는 편이 판타지 제국 대표에게 생각할 시간을 조금 줄 수 있다고 생각했다.

"지금 즉시 연락하겠습니다. 말씀은 끝나신 겁니까?"

"네. 일단은요. 나가셔도 좋습니다. 그리고 칠흑팔검 작가님은 잠시 남아주시겠어요?"

"네."

하은이 먼저 대표실을 나가고, 칠흑팔검이 남아서 규현의 책상 앞에 섰다.

"이걸 확인해 주시겠어요?"

규현은 서랍에서 서류 하나를 꺼내서 칠흑팔검에게 건넸다. 서류는 네다섯 장정도 되었고 서류 집게로 고정되어 있었다.

"이게 무엇이죠?"

"문학 왕국과 북페이지와 현재 계약 중인 작가 리스트입니다. 확인해 보세요."

"네, 알겠습니다."

칠흑팔검은 페이지를 넘겨가며 서류를 확인했다.

규현의 말대로 작가 리스트였는데 필명과 작품만 기록되어 있는 게 아니라 간단한 설명과 영입 우선순위까지 기록되어 있었다.

물론 영입 우선순위는 규현의 눈에만 보이는 스탯 정보에 기반되어 있었다.

"제가 나름대로 리스트를 정리했습니다. 나중에 본격적으로 움직이게 되면 그 자료를 참고해 주세요."

"네."

"나가보셔도 좋습니다."

칠흑팔검이 나가고 규현은 차기작 세계관 설정 작업을 시작했다. 시간을 들여서라도 완벽한 세계관을 만들고 싶었다. 그래서 최근 그는 세계관 설정 작업에 온 신경을 집중하고 있었다.

그동안의 고민 끝에 차기작은 순수한 정통 판타지를 하기로 결정했다.

국내에선 정통 판타지가 약세였지만 해외에선 아직까지 정통 판타지가 먹히고 있었고 국내에서도 어느 정도 작가의 명성이 확보된 상황에서라면 정통 판타지도 써볼 만한 장르였다.

'해외에선 설정 덕후가 많지. 그래서 세계관이 이해하기 쉬우면서도 자세한 것을 선호하지.'

자세하면서 이해하기 쉽게 쓰는 것은 쉬운 일이 아니었지만 반복 작업을 거친 규현은 어느 정도 노하우가 있었다.

설정을 끝내고 얼마 전에 하다가 잠시 중단했던 세계관 지도 만드는 작업을 재개하기 위해 맵 메이커를 켰다.

맵 메이커는 지도 제작 프로그램으로 사용법을 조금만 알면 손쉽게 가상의 지도를 만들 수 있기 때문에 판타지 작가들 사이에서 인기가 아주 많은 프로그램이었고 규현도 애용하고 있었다,

맵 메이커를 이용해 전에 하던 작업을 이어서 하고 있을 때 스마트폰에서 문자메시지 도착 알림음이 들렸다.

규현은 만들고 있던 지도를 저장하고 스마트폰을 꺼냈다.

[판타지 제국 대표 이광수입니다. 통화 가능하실 때 연락 주시면 감사하겠습니다.]

문자메시지를 보낸 사람은 판타지 제국의 대표 이광수였다. 아무래도 하은이 규현의 의사를 제대로 전달한 것 같았다. 다

만 한 가지 의외인 점은 생각보다 연락이 빨리 왔다는 것이었
다.

하은이 그에게 문자메시지를 보내고 그가 확인하는 데 시
간이 걸리는 것을 생각해 보면 광수는 문자메시지를 확인하
기 무섭게 바로 규현에게 문자메시지를 보낸 것 같았다.

마치 가람 쪽에서 연락이 오는 것을 기다린 것처럼.

"일단 연락해 보자."

규현은 혼잣말을 중얼거리며 통화 버튼을 눌렀다. 통화 연
결음이 이어지고 얼마 지나지 않아서 광수가 전화를 받았다.

"가람 정규현입니다. 지금 통화 가능하십니까?"

─정규현 대표님이시군요. 이렇게 빨리 전화를 해주셔서 감
사합니다.

규현은 통화 연결음이 끝나기 무섭게 자신을 소개했다. 그
의 소개가 끝나기 무섭게 광수의 목소리가 들렸다.

다른 사업가들이랑 마찬가지로 그도 규현을 사업가로 보고
있었기 때문에 대표라는 호칭을 사용했다.

판타지 제국의 유망주로 인정받고 있을 때 광수와 만난 적
이 있었기 때문에 그렇게 낯선 목소리는 아니었다. 물론 실제
목소리와 스마트폰을 통해 전달되는 목소리는 다소 달랐지
만.

"대화가 길어질 것 같은데 직접 이쪽으로 오시는 게 어떻습

니까?"

규현은 광수를 살짝 시험했다.

판타지 제국에서 아쉬운 게 있다면 흔쾌히 가람 사무실로 올 것이다. 그게 아니거나 여유가 있어서 튕길 생각이라면 규현에게 판타지 제국 사무실로 오라고 할 것이다.

―물론 제가 찾아가겠습니다. 내일 오후 3시가 어떻습니까?

"오후 3시면… 괜찮을 것 같습니다."

―그럼 그때 뵙도록 하겠습니다.

전화 통화가 끝나고 규현은 스마트폰을 집어넣으며 입꼬리를 끌어 올렸다. 판타지 제국은 확실하게 문학 왕국을 버리고 가람으로 갈아타려는 모습을 보이고 있었다.

판타지 제국이 합류하면 오성 북스를 설득하는 것은 더욱 쉬울 것이다.

규현은 의자 등받이에 몸을 기대고 노트북 화면을 보며 숨죽여 웃었다. 생각보다 계획이 부드럽고 쉽게 진행될 것 같았다.

*   *   *

다음 날, 사무실에 출근한 규현은 곧바로 대표실 향했다. 그리고 필요한 서류를 정리해서 챙겼다. 판타지 제국 대표 이

광수가 긍정적인 결정을 내리는 데 도움을 줄 서류들이었다.

서류를 다 챙기고 차기작 설정을 정리하고 있으니 시간은 금세 흘러 점심시간이 되었다.

규현은 근처 편의점에서 삼각 김밥으로 간단하게 점심을 해결한 후 차기작 설정을 다시 정리했다. 그러다 시간이 2시를 조금 넘겼다.

조금만 있으면 슬슬 판타지 제국의 이광수 대표가 찾아올 시간이었다.

규현은 대표실 문을 열고 사무실로 나갔다. 직원들은 모두 열심히 일하는 중이었다. 그리고 하은이 탕비실 쪽에서 나오고 있었다.

"하은 씨."

"네, 대표님."

규현은 하은을 불러 세웠다. 자신의 자리를 향해 발걸음을 옮기고 잇던 하은은 규현의 부름에 발걸음을 멈추고 몸을 돌려 그에게 향했다.

"어제 말했던 것 기억하시죠? 조금 있으면 판타지 제국의 이광수 대표가 찾아올 겁니다. 대표실로 안내해 주세요."

"예, 알겠습니다."

규현의 당부에 하은은 조금 굳은 얼굴로 고개를 끄덕였다. 어제 광수가 온다는 소식을 전해 들었을 때도 비슷한 표정이었다. 아무래도 전에 다니던 직장의 대표다 보니 조금 긴장되는 것 같았다.

"부탁합니다."

규현은 재차 강조한 뒤 대표실로 돌아갔다. 얼마 지나지 않아서 문이 열리는 소리와 함께 대화 소리가 작게 들렸다.

문은 닫혀 있어서 자세히 들리진 않았고 벽을 대신하고 있는 불투명한 유리를 통해 새로운 인영이 나타난 것 정도만 볼 수 있었다. 이윽고 하은이 대표실의 문을 열고 들어왔다. 그녀의 뒤로 광수가 보였다.

"대표님, 판타지 제국의 이광수 대표님이십니다."

하은이 소개를 하긴 했지만, 굳이 소개는 필요 없었다. 규현은 판타지 제국에서 인기를 쌓아 올리고 있을 때 그를 만난 적이 있었기 때문에 얼굴을 알고 있었다.

하은도 그것을 알고 있을 것이다. 그저 단순한 형식상의 인사에 불과한 것이다.

"반갑습니다. 가람 대표 정규현입니다."

규현이 손을 내밀었고,

"오랜만이네요, 정규현 대표님. 예전과는 많이 달라지셨습니다."

광수는 그의 손을 잡고 가볍게 악수를 했다.

"일단 앉으시죠."

악수와 명함 교환이 끝났다. 하은이 커피가 담긴 종이컵을 꺼내와 탁자 위에 올렸고 규현은 광수에게 앉을 것을 권했다.

광수가 소파에 앉자 규현도 그의 앞에 앉았다.

"처음 대표님을 뵈었을 땐 글밖에 모르는 작가이셨는데… 이제는 사업가의 모습이 상당히 완연해졌습니다."

"네. 어쩌다 보니 이렇게 되었네요."

규현은 광수의 말에 대답하며 종이컵을 입가로 가져가 커피를 마셨다.

얼음이 떨어져서 커피는 미지근했지만 그런 대로 마실 만했다. 어차피 대표실은 에어컨이 최대 출력으로 켜져 있었기 때문에 덥지 않았다.

"하은 씨에겐 대충 이야기를 들었을 것이라 생각됩니다."

"네. 간략한 개요는 전달받았습니다."

광수가 대답했다.

하은은 문자메시지로 규현의 뜻과 함께 아주 간단한 개요도 같이 전달했다. 그리고 광수도 여기저기서 정보를 수집하고 있었기 때문에 현재 상황은 대충 알고 있었다. 아니, 그 누구보다 잘 알고 있었다.

판타지 제국과 문학 왕국은 현재 제휴 계약으로 긴밀한 관계를 맺고 있었다.

문학 왕국의 공식 출판사가 되면서 판타지 제국은 안정적으로 작가들을 공급받고 있었다. 그런데 문학 왕국이 치명적인 타격을 입는다면? 판타지 제국은 대용품을 찾아야만 했다. 그리고 그 문학 왕국을 대신할 수 있는 유력한 후보가 가람에서 운영하는 가람북이었다.

살아남기 위해서는 누구보다 빠르게 움직여야만 했고 광수는 당장에라도 문학 왕국을 버릴 준비를 끝낸 상태였다. 물론 바로 버릴 생각은 아니었다.

문학 왕국 이름의 배가 침몰하기 시작할 때, 광수는 탈출할 생각이었다.

타이밍을 비롯한 여러 가지가 중요했다.

너무 빨리 탈출했다가 문학 왕국이 건재하면 판타지 제국은 큰 손해를 보는 것이다. 때문에 문학 왕국이 망할 것이라는 확신이 필요했다. 또 너무 늦게 탈출하면 문학 왕국과 함께 침몰할 것이다.

너무 일찍 탈출해서도 안 되며, 늦게 탈출해서도 안 된다. 혹여 일찍 탈출한다면 확신이 필요했다.

'상황은 우리에게 유리하다. 확실하게 설득시킬 수 있어.'

규현은 광수를 보며 속으로 슬며시 미소를 지었다. 광수의 속셈은 대충 알 것 같았다. 아마도 결정을 내리기 전에 규현을 만나 여러 가지 정보를 얻으려는 것 같았다.

지금 광수에게 필요한 것은 문학 왕국이 무너진다는 확신.

그리고 규현은 문학 왕국이 무너질 것이란 확신을 가지고 있었다. 그 확신의 근거를 광수에게 말하는 것으로 설득할 자신이 있었다.

"솔직히 오늘 가람 사무실에 찾아오신 것만 봐도 확실히 알 것 같습니다. 문학 왕국이 침몰할까 두려운 것이죠?"

규현의 말에 광수는 여유로운 표정으로 입을 열었다.

"과연 그럴까요? 전 그저 이야기나 들으러 찾아온 것일 뿐입니다. 문학 왕국은 아직 건재합니다."

규현의 입가에 희미한 미소가 번졌다. 광수는 애써 초조한 기색을 숨기고 있었지만 규현의 눈을 피할 수는 없었다.

"대표님, 이러면 서로 피곤해집니다. 시원하게 오픈하죠. 대표님도 소문은 들었을 텐데요?"

광수는 규현의 시선을 살짝 피했다.

출판업계는 좁았기 때문에 소문이 빨리 퍼질 수밖에 없었다. 그래서 광수 역시 규현이 말한 소문을 접할 수 있었다.

"지금 문학 왕국과 북페이지가 금기를 어긴 것 때문에 여러 출판사와 매니지먼트가 움직이고 있다는 것을 당연히 잘 알고 있을 겁니다. 이 좁은 곳에서 태풍이 불었는데 모를 리가 없죠."

규현이 두 눈을 가늘게 뜨고 광수를 보았다.

좁은 출판업계에 이렇게 큰 움직임이 일었다. 광수가 모를 리 없었다. 예상대로 그의 눈동자가 흔들렸고 규현은 미소를 지었다.

"날카롭군요."

광수는 작은 목소리로 감탄하며 소파 등받이에 몸을 기댔다. 초조함에 습관적으로 커피를 마신 탓에 종이컵은 이미 비어 있었다.

"날카로운 게 아니라 당연한 겁니다."

"어쩌면 그럴 수도 있겠네요. 그렇다면 이미 정규현 대표님께서는 제가 이곳에 온 이유도 대충 짐작하고 계신 것 같군요."

광수의 말에 규현은 대답 대신 고개를 끄덕였다.

판타지 제국이라는 장르 문학계에서 꽤 큰 규모를 자랑하는 출판사를 대표하는 그가 가람 사무실까지 찾아온 이유도 현 상황을 거의 완벽하게 파악하고 있는 규현은 어렵지 않게 짐작할 수 있었다.

"제가 장담할 수 있습니다. 문학 왕국은 이번 일로 무너지게 될 겁니다. 아마 북페이지도 문학 왕국과 운명을 같이할 것 같습니다."

"판타지 제국이 문학 왕국에서 철수하면 오성 북스가 신나서 작가들을 마구 흡수할 겁니다."

"오성 북스도 저희가 포섭할 생각입니다."

규현이 말했다.

당연한 이야기지만 문학 왕국을 완벽하게 고립시키기 위해 오성 북스 또한 포섭할 생각이었다. 확실하진 않지만 판타지 제국이 문학 왕국에서 철수하면 오성 북스 또한 심경의 변화가 올 것이다.

"만약 오성 북스가 철수하지 않는다면요? 그럼 문학 왕국이라는 금광은 그들이……."

"문학 왕국이 금광이라고 해도 소용없습니다."

규현이 광수의 말허리를 잘랐다. 말허리가 잘린 광수는 불쾌하다기보다는 규현이 한 말의 의미를 궁금해하는 표정이었다.

"그 금광은 이제 우리가 무너뜨릴 거니까요. 무너진 금광에서 무엇을 할 수 있습니까? 오성 북스가 철수하지 않는다면 무엇도 얻지 못할 겁니다."

"자신감이 넘치시네요. 그 자신감은 어디서 오는 건가요?"

광수의 질문에 규현은 두 눈을 반짝이며 입을 열었다.

"확신에서 오는 겁니다."

모든 상황은 가람에 유리하게 돌아가고 있었다. 규현은 승리를 확신하고 있었기 때문에 자신감이 붙을 수밖에 없었다.

"하지만 저는 확신이 서질 않습니다."

"그럼 어떻게 해야 확신을 드릴 수 있을까요?"

광수는 생각보다 까다로웠고 규현은 살짝 짜증이 나려던 것을 참으며 물었다. 광수는 생각해 보면 하나의 출판사를 이

끄는 입장이었기 때문에 신중할 수밖에 없었다.

"오성 북스를 설득해 주세요. 그러면 저희도 함께 움직이겠습니다."

"그럼 안타깝게도 판타지 제국은 특혜를 받지 못하겠네요."

"무슨 소리죠?"

규현의 입 밖으로 나온 특혜라는 단어에 광수가 두 눈을 반짝이며 반응했다. 그 모습에 규현은 미소를 지으며 입을 열었다.

"말 그대로 특혜입니다. 처음으로 저희와 합류하는 업체에 정산 비율 우대라는 특혜를 주려고 했습니다. 자세한 것은 이 서류를 확인해 보시죠."

규현은 소파에서 일어나 책상으로 발걸음을 옮겼다. 그리고 책상 서랍에서 서류를 꺼내 광수에게 건넸다.

규현이 준 서류를 읽은 광수의 두 눈이 커졌다.

"보시면 아시겠지만 1년간 정산 비율을 우대해 드린다는 겁니다. 저희 가람북의 매출은 대충 짐작하고 계실 것이라 생각됩니다. 어느 정도 이익일지 잘 생각해 보세요."

규현의 보충 설명에 광수의 두 눈동자가 눈에 띄게 흔들리는 모습을 볼 수 있었다.

가람북의 매출이 코코아와의 제휴 이후로 아주 높아졌다는 것은 출판업계 종사자 모두가 아는 사실이었다. 그리고 정

산 비율을 우대받는다면 매출이 높을수록 큰 이익을 취할 수
있다.

가람북 정도 되는 플랫폼에서 작품을 서비스하고 정산 비
율을 우대받는다면 상당히 많은 이익을 취할 수 있기 때문이
었다.

"어쩌시겠습니까?"

규현은 대표실 문 앞으로 걸어갔다. 그리고 천천히 문을 열
었다.

"오성 북스의 행동을 보고 결정하셔도 상관없지만 뭐든 먼
저 행동하는 사람이 많이 취하는 법이죠."

"직원들과 회의 후 결정하겠습니다."

"네. 긍정적인 결과를 기대하겠습니다."

*　　　　*　　　　*

직원들과 상의한다고 말했던 광수는 생각보다 결단을 빨리
내렸다. 이틀 후 광수는 다시 규현과 만나 계약서에 사인을
했다.

"이번 주 안으로 문학 왕국에서 완전히 철수할 겁니다."

"문학 왕국 웹사이트에서 내려간 것을 확인하면 저희도 웹
사이트에 판타지 제국을 노출시키고 배너를 등록하겠습니다."

"감사합니다."

비밀스러운 거래가 끝났고 만족스러운 표정으로 일어난 두 사람은 서로 가볍게 악수를 했다.

"그럼 저는 가보겠습니다."

광수는 퇴장했고 규현은 오성 북스 대표인 조찬욱을 만나기 위한 준비를 서둘렀다. 서류를 정리하고 있을 때 노크와 함께 하은이 대표실 안으로 들어왔다.

"무슨 일이죠?"

"파란책에서 연락이 왔습니다."

"누가 연락했던가요? 무슨 이유로?"

"파란책의 조규태 기획팀장님이 연락하셨습니다. 언제쯤 움직일 거냐고 물었습니다."

판타지 제국 대표와 만나고 있을 때 방해를 받고 싶지 않아서 스마트폰을 끄고 있었다. 그래서 규현에게 연락이 닿지 않자 하은에게 전화를 걸었던 모양이다.

"아무래도 마음이 급한 것 같습니다."

하은의 말에 규현은 고개를 끄덕였다. 그럴 수밖에 없을 것이다. 지금 파란책은 문학 왕국과 북페이지를 향한 복수심이 아주 큰 상태였으니까. 당장에라도 복수하고 싶은 마음을 꾹 눌러 참고 있을 것이다.

"일단 제가 조규태 팀장에게 전화를 하겠습니다. 또 다른 보고할 만한 일이 있습니까?"

"아니요, 없습니다."

"수고하셨습니다."

규현의 축객령에 하은은 대표실을 떠났고 그는 스마트폰을 꺼내 전원을 켰다.

전원이 꺼져 있었기 때문에 부재중 전화는 없었지만 확인하는 대로 연락을 부탁하는 문자 메시지가 규태의 문자 메시지가 와 있었다.

규현은 즉시 규태에게 전화를 걸었다.

—여보세요, 정규현 작가님?

전화를 걸기 무섭게 받는 규태. 규현의 전화를 기다리고 있었던 것 같았다.

"네, 팀장님. 전화하셨다고 하은 씨에게 들었습니다. 제가 다른 출판사 대표님과 중요한 이야기를 하고 있던 중이었기 때문에 전원을 꺼놓았습니다."

—그렇군요. 당연히 이해합니다.

"네. 하은 씨에게 대충 이야기는 들었습니다만… 언제 움직여야 하는지 궁금하신 거죠?"

—네. 저희는 모든 준비를 끝냈는데 이대로 시간을 끌면 문학 왕국과 북페이지에서도 대비하지 않겠습니까?

규태는 걱정스러운 목소리로 말했다.

"이미 문학 왕국과 북페이지는 대비하고 있을 겁니다."

규현은 차분한 목소리로 대답했다.

출판업계는 좁기 때문에 이런 거대한 움직임을 문학 왕국과 북페이지가 모르면 이상한 것이다. 이미 알고 대응을 준비 중일 것이다.

—이미 알고 있다면 대응 준비를 끝낸 것 아니겠습니까?

"어쩌면 그럴 수도 있죠."

—그러면 지금 당장 움직여야 하는 것 아닙니까?

"저희가 준비가 아직 끝나지 않았습니다. 다른 출판사나 매니지먼트도 준비가 안 된 곳이 있고요"

아직 오성 북스를 포섭하지 못했다. 그들을 포섭하기 전에 가람은 움직일 수도 없었다. 그리고 아직 자금이 준비되지 않은 출판사나 매니지먼트도 있었다.

—그럼 저희라도 먼저 움직이는 게 좋지 않습니까?

규태가 말했다.

파란책은 당장에라도 문학 왕국과 북페이지에 치명적인 타격을 입히고 싶어서 안달이 난 것 같았다.

"그건 좋지 않습니다. 각자 따로 움직이면 문학 왕국과 북페이지가 대응하기 쉬워집니다."

따로 움직이면 접촉할 수 있는 작가의 수에 한계가 있기 때문에 문학 왕국과 북페이지에서 대응이 비교적 쉬워지지만 동시다발적으로 움직인다면 그들도 제대로 된 대응이 힘들다. 흔히 말하는 알면서도 당할 수밖에 없는 상황이 만들어지는 것이다.

"조금만 기다려 주세요. 곧 모두 준비가 끝납니다. 그리고 그날이 북페이지와 문학 왕국에겐 유감스러운 날이 되겠죠."

61장

체크 메이트

　규현은 오성 북스 대표 조찬욱을 만났다. 찬욱을 만나는 것은 이번이 처음이었지만 솔직한 그의 모습에 조찬욱이 어떤 사람인지 대충 알 수 있었다.

　그는 속이 상당히 좁은 사람이었다.

　간판급이라고 할 수 있는 기계 작가가 문학 왕국으로 넘어간 것을 아직도 마음에 두고 있는 듯했다. 때문에 문학 왕국에 대해 감정이 좋지 않은 상황에서 단지 서로의 이익을 위해 개인적인 감정은 접어두고 문학 왕국과 협력하고 있는 것이었다.

워낙 문학 왕국을 좋지 않게 보고 있다 보니 그는 규현이 가람북의 공식 출판사가 될 것을 제안하기 무섭게 바로 그 자리에서 결단을 내렸다.

"계약서를 주시죠."

"직원들과 논의하지 않고 결정해도 되는 겁니까?"

"모든 결정권은 제가 가지고 있습니다."

찬욱의 강한 주장에 규현은 계약서를 건넸다. 오성 북스의 내부 사정은 규현이 관여할 문제가 아니었다.

찬욱은 조금의 망설임도 없이 계약서에 사인을 했고 가람은 모든 준비를 끝낼 수 있었다.

오성 북스와의 계약을 끝내고 돌아온 규현은 가람북 웹사이트 관리 담당자인 최성진을 찾았다.

"성진 씨."

"예, 대표님."

가람북 웹사이트 디자인을 점검하고 있던 성진은 자신을 부르는 목소리에 하던 일을 잠시 중단하고 규현에게 달려갔다.

"제가 예전에 주문했던 내용은 언제 적용할 수 있습니까?"

가람북 웹사이트에 파란책 외에도 판타지 제국과 오성 북스를 노출시키고 해당 출판사의 홈페이지로 향하는 링크가 걸려 있는 배너를 추가하는 작업을 말하는 것이었다.

"지금이라도 바로 적용 가능합니다."

"그 말은 작업 시간이 얼마 걸리지 않는다는 말인가요?"

규현의 물음에 성진은 고개를 끄덕이며 입을 열었다.

"네. 이미 작업은 끝난 상황입니다. 적용만 시키면 되니까 1시간 정도면 충분할 것 같습니다."

성진은 이미 작업을 끝냈고 적용만 시키면 되는 상황이었다. 다만, 적용하는 데는 기본적인 시간이 걸리기 때문에 1시간 정도 웹사이트의 이용을 제한해야만 했다.

그의 말에 규현은 턱을 긁적이며 잠시 생각을 정리했다.

"상현아."

생각 정리를 끝낸 그는 상현을 불렀다. 업무를 보고 있던 상현이 의자에서 일어났다.

"네."

"판타지 제국과 오성 북스, 이번 주까지는 철수한다고 했지?"

"네. 아마도 이번 주 금요일까지는 배너랑 다 내릴 것 같아요."

"좋아!"

규현은 만족스러운 표정으로 고개를 끄덕였다. 그러고는 다시 성진을 향해 시선을 옮겼다.

"다음 주 월요일 새벽에 적용 부탁합니다. 자택에서 바로 적용 가능하시죠?"

"네. 물론 가능합니다."

성진은 고개를 끄덕였다.

웹사이트 관리 업무 담당자로 일하면서 업무의 특성상 새벽에 일한 적도 셀 수 없이 많았다. 그래서 새벽에 적용시켜야 한다는 규현의 말에도 그는 동요 없이 받아들였다.

"그럼 그렇게 해주세요."

"예."

규현은 성진의 대답을 들으며 대표실을 향해 발걸음을 옮겼다. 그러면서 고개를 돌려 칠흑팔검을 보며 입을 열었다.

"칠흑팔검 작가님이랑 석규 씨는 잠시 대표실로 와주세요."

규현은 먼저 대표실로 가서 소파에 앉았다. 얼마 지나지 않아서 칠흑팔검과 석규가 들어왔다.

"앉으세요."

규현은 그들에게 앉을 것을 권했다. 두 사람은 서로를 마주 보고 소파에 앉았다. 규현은 그들을 보며 차분하게 입을 열었다.

"드디어 움직이는 겁니까?"

칠흑팔검이 두 눈을 반짝였다.

처음 간접적으로 달콤한 소문을 흘려 문학 왕국과 북페이지의 작가들을 유혹하자는 계획을 냈을 때만 해도 내켜 하지 않았던 그였지만 문학 왕국과 북페이지가 규칙을 어기자 그는 앞장서서 두 곳의 작가들을 빼 올 것을 주장하고 있었다.

"네. 다음 주 월요일부터 움직일 생각입니다."

"같이 행동할 출판사와 매니지먼트들에 연락은 하셨습니까?"

"물론 확실하게 전달했습니다. 모두 준비가 끝났다고 하는군요."

칠흑팔검의 물음에 규현은 고개를 끄덕이며 대답했다.

이미 함께하기로 한 출판사나 매니지먼트들에는 같은 내용을 전달한 뒤였다.

문학 왕국과 북페이지가 금기를 어겼다는 확실한 명분 아래 작가 영입이라는 달콤한 목적을 가지고 모인 그들은 아주 신나 있었다.

그들 입장에서 문학 왕국과 북페이지는 비싸지만 골라 먹을 수 있는 뷔페나 다름없었다.

"그럼 지금 저희를 부르신 이유는……."

석규가 말끝을 살짝 흐렸다. 규현은 입가에 미소를 머금은 채 입을 열었다.

"간단히 계획을 말씀드리기 위해서입니다."

"계획은 무엇이죠?"

"일단 두 분께는 명단을 드리겠습니다."

규현은 잠시 소파에서 일어나 책상으로 발걸음을 옮겼다. 그리고 서랍에서 뭔가가 빽빽이 적혀 있는 종이 2장을 꺼내 두 사람에게 건넸다.

북페이지와 문학 왕국에서 우선적으로 접촉해야 할 작가 명단이었다.

"저는 비슷한 것을 받은 것 같습니다."

명단을 확인한 칠흑팔검이 물었다. 규현은 검지로 명단을 가리켰다.

"자세히 읽어보시면 아시겠지만 그때 드렸던 것과는 조금 달라요. 새로 작성한 겁니다."

확실히 칠흑팔검에게는 명단을 준 적이 있었지만 이번에 준 것은 예전과는 조금 달랐다. 저번에 줬던 것에서 조금의 수정 작업을 거친 게 이번에 나눠 준 명단이었다.

"그렇군요."

칠흑팔검은 고개를 끄덕이며 납득했다. 그는 명단을 재확인 했는데 규현의 말대로 처음 받았던 명단과는 조금 달랐다.

"확실히 다른 것 같네요."

"네, 맞아요. 그리고 두 분의 명단은 또 달라요."

칠흑팔검의 것과 석규의 것은 서로 다른 명단이었다.

"생각보다 자세히 적혀 있네요."

칠흑팔검은 이전에 한번 비슷한 명단을 받아본 적이 있기 때문에 큰 반응이 없었지만 석규는 명단에 많은 정보가 잘 정리되어 있는 것을 보고 감탄했다.

"고생 좀 했습니다."

"우선도는 어떻게 정하신 건가요? 척도가 애매했을 텐데요."

"여러 정보를 종합해서 판단했습니다."

"그렇군요."

석규는 납득하는 표정으로 고개를 끄덕였다. 일단은 그렇게 말했지만 우선도는 규현에게만 보이는 스탯을 기준으로 하고 있었다. 설명하면 미친놈 취급을 받을 게 뻔하니 어쩔 수 없었다.

"다음 주 월요일에 명단의 우선도에 따라 행동해 주시면 됩니다."

"알겠습니다. 그런데 대표님… 한 가지 궁금한 게 있습니다."

"말씀하세요."

규현의 말에 칠흑팔검은 석규의 명단은 슬쩍 다시 확인한 뒤 입을 열었다.

"제 명단은 물론이고 석규 씨의 명단에도 리스 작가가 없는 것 같습니다."

"리스 작가 말씀이십니까?"

규현의 물음에 칠흑팔검과 석규는 고개를 끄덕였다.

리스는 현재 문학 왕국 베스트 1위였으며 북페이지에서도 10위 안에 들어가는 작가로 규현이 확인했을 때 스탯도 A급이었다.

규현은 입가에 부드러운 미소를 머금었다.

"리스 작가는 제가 직접 움직여서 설득할 생각입니다."

영입했을 때 문학 왕국에 가장 큰 타격을 줄 수 있으며, 가람의 몸집을 크게 불릴 수 있는 리스를 빼놓았을 리가 없었다. 그는 가장 중요한 영입 대상 중 한 명이었기 때문에 규현이 직접 움직일 생각이었다.

"그리고 대화를 끝내기 전에 당부하고 싶은 게 있습니다."

칠흑팔검과 석규의 시선이 규현에게 집중되었다. 그는 두 사람을 번갈아 보며 말을 이어가기 위해 입을 열었다.

"아마도… 아니, 반드시 다른 출판사나 매니지먼트와 경쟁이 붙을 겁니다. 동시에 움직일 거니까 분명히 그럴 겁니다."

문학 왕국과 북페이지에서 소위 말하는 잘나가는 작가들은 한정되어 있다. 그러니 분명 각 출판사와 매니지먼트에서 노리는 대상은 겹칠 것이고 필연적으로 경쟁하게 될 것이다.

"그들은 경쟁자입니다. 그리고 우리에게 양보할 의무는 없습니다."

칠흑팔검과 석규가 고개를 끄덕였다. 규현이 한 말의 의미를 이해한 것 같았다.

함께하는 출판사와 매니지먼트들에겐 기회를 부여해 주었으니 충분한 호의를 베푼 것이다. 이제는 치열한 경쟁만이 남아 있었다.

"그렇다고 해서 너무 몰아가진 마시고… 적당히 선을 지켜 주셨으면 합니다."

"알겠습니다."

"그럼 여기까지 하겠습니다. 두 분 다 계속 수고해 주세요."

축객령에 두 사람은 대표실을 나섰고 홀로 남은 규현은 차기작 설정 작업에 집중했다.

규현은 설정 덕후라는 말을 들어도 이상하지 않을 만큼 섬세한 설정을 작품에 입히고 있었다. 섬세하게 설정을 작성하되 복잡하지는 않게 하기 위해 몇 번을 검토하고 확인하기를 반복했다.

여주인공 설정을 수정하던 규현은 불현듯 지은을 떠올리고는 혹시나 하는 마음에 스마트폰을 들어 올려 그녀에게 전화를 걸었지만 전원이 꺼져 있었다.

자세한 상황은 알 수 없지만 아직도 지은은 스마트폰을 사용할 수 없는 것 같았다. 그리고 외출 금지도 확실했다. 외출 금지가 풀렸다면 바로 규현을 찾아왔을 테니까.

'아직도 스마트폰을 통제 중인건가.'

규현은 스마트폰을 책상에 내려놓으며 주먹을 꽉 쥐었다.

지은의 밝은 미소를 보지 못한 지도 적지 않은 시간이 흘렀다. 규현은 마음 한구석이 꽉 막힌 듯 답답한 기분이었다.

이 답답함은 그 어떤 것으로도 풀리지 않았다. 그녀를 다시 만나고 싶었다.

소중한 것은 곁에 있을 때 깨닫지 못하고 곁을 떠난 후에야 비로소 소중했다는 것을 깨닫게 된다고 누군가 말했다.

누군지는 모르지만 규현은 그 말이 틀리지 않다고 생각했다.

지은이 곁에 있을 때는 소중한 줄 몰랐으나, 이제는 알 수 있다. 그녀 없다면 삶이 회색빛이라는 것을.

"조금만 기다려."

규현은 지금 곁에 없는 지은에게 속삭이듯 혼잣말을 중얼거렸다. 지금 당장은 그녀를 만날 수 없었다.

기태의 도움을 받아야만 지은을 만날 수 있는데, 그러기 위해서는 이 지긋지긋한 재벌들의 대리전쟁을 끝내야만 했다.

규현은 고개를 돌려 창밖을 보며 반드시 그녀를 만나러 가겠다고 속으로 다짐했다.

＊　　　　＊　　　　＊

"후아."

늦은 밤 리스는 샤워를 끝내고 상쾌한 기분으로 책상 앞에 앉았다. 그는 리스라는 필명으로 리스라는 판타지 소설을 문학 왕국에 연재하는 작가였다.

그는 늘 밤에 샤워를 끝내고 문학 왕국에 접속해서 그날 연재한 내용의 반응이 어땠는지 확인하는 게 일상이었다.

늘 오전 6시에 연재하기 때문에 밤에 일과를 끝낼 때가 되면 꽤 많은 댓글을 볼 수 있었다.

평소와 같은 두근거리는 마음으로 문학 왕국에 들어가 로그인을 한 리스는 평소와 뭔가 달라진 점을 확인할 수 있었다.

쪽지가 도착해 있었다.

그의 독자들은 쪽지를 잘 보내는 편이 아니었고 표지를 올린 뒤로는 계약 제안 쪽지도 오지 않았기 때문에 그는 호기심 어린 표정으로 쪽지함을 클릭했다.

[안녕하세요. 매니지먼트 가람입니다.]

라는 제목의 쪽지였다.

'가람은 문학 왕국 공식 출판사나 매니지먼트가 아닌데?'

쪽지를 확인하자마자 든 생각이었다. 아이디를 확인하니 기존의 가람 계정이 아니었다. 새로 만든 계정으로 보였다.

'신고할까.'

신고하면 분명 계정은 정지될 것이다. 문학 왕국에서는 공식 출판사나 매니지먼트만 활동할 수 있으니까. 하지만 그는 궁금증이 더욱 컸고 쪽지를 확인해 보기로 했다.

전형적인 계약 제안 쪽지였고 그 어떤 경우에도 문학 왕국보단 나은 조건으로 계약을 진행해 준다는 내용이었다. 지금의 문학 왕국에서 아쉬운 점은 없었지만 해외 출간까지 가능하다고 적혀 있는 쪽지를 보니 마음이 움직였다.

그는 쪽지를 삭제하기 전에 쪽지에 적혀 있는 연락처를 메모장에 적었다.

"오늘 판타지 제국과 오성 북스가 저희 문학 왕국에서 완전히 철수했습니다."

회의실에 모인 직원들을 보며 문학 왕국 대표 이강윤이 떨리는 목소리로 말했다. 긴장해서 떨리는 게 아니었다. 화를 참느라 목소리가 떨리는 것이었다.

"이 상황에 대해서 최진한 영업팀장이 할 말이 있을 것 같습니다. 최진한 팀장, 현 상황에 대해 자유롭게 이야기해 보세요."

강윤은 두 눈을 가늘게 뜨고 진한을 노려보았다. 그의 날카로운 시선에 진한은 곤란한 표정으로 볼을 붉적이며 입을 열었다.

"사실 저도 대표님께 보고드린 날, 판타지 제국과 오성 북스에서 갑작스럽게 연락을 받았습니다."

"이렇게 쉽게 계약을 파기해도 되는 겁니까? 그것을 막기 위한 조항이 계약서에 하나도 없었던 겁니까?"

보통 계약서에는 한쪽의 일방적인 파기를 막기 위한 조항이 있었다. 강윤은 그것을 묻고 있었다.

"그게 계약서에 상당히 애매한 조항이 있어서 말입니다. 판타지 제국은 물론 오성 북스에서도 그것을 걸고넘어졌습니다. 이거 막으려면 소송으로 갈 수밖에 없을 것 같습니다."

"무슨 조항인지 알 것 같네요."

진한의 말에 강윤은 고개를 끄덕였다. 가끔씩 명백한 판단을 내릴 수 있는 척도가 없는 애매한 계약 조항이 있는 경우가 있었다. 이번에도 그런 조항 때문에 고생하고 있는 것 같았다.

이런 경우는 기준이 명확하지 않기 때문에 확실하게 하려면 법정까지 가야 할지도 모르고, 그렇게 된다면 여러모로 피곤해진다.

"하아, 정말 골치 아프게 되었네요."

강윤은 답답하다는 듯 중얼거리며 등받이에 몸을 기대고

천장을 보며 손등을 이마에 올렸다.

에어컨을 켰지만 밖에 있는 것처럼 더웠다. 마치 여러 감정의 뒤섞여서 몸의 온도가 오른 듯했다.

똑똑똑.

강윤의 침묵으로 잠시 회의가 중단되었다. 그리고 5분 정도 시간이 흐르자 누군가 노크를 했다. 여유라고는 느껴지지 않는 빠른 템포의 노크 소리에 다급함이 느껴졌다.

"급한 일입니까?"

기획팀장 서장훈이 물었다.

"예. 서 팀장님께 급히 드릴 말씀이 있습니다."

직원은 장훈을 찾았다. 목소리를 들어보니 꽤 급한 것 같았다.

"괜찮습니다. 다녀오세요."

"실례하겠습니다."

"회의는 계속 진행하겠습니다."

장훈이 의자에서 일어나 회의실 밖으로 나갔다. 기획팀장이 자리를 비웠으나 언제 돌아올지 모르기 때문에 회의는 진행하는 게 좋을 것 같았다.

강윤이 장훈 없이 회의를 진행을 선언하고 5분 정도의 시간이 지났다. 회의실 문이 열리고 장훈이 걸어 들어왔다. 그의 표정은 아주 심각했다.

"무슨 일입니까? 보고하세요."

장훈의 표정에 강윤도 덩달아 심각해진 표정으로 물었다.

"리스 작가가 더 이상 계약을 이행할 수 없다면서 계약 파기 의사를 전해왔습니다."

"리스 작가가요? 갑자기 왜 그런답니까? 혹시 편집기획부에서 실수라도 했습니까?"

"아직 자세한 상황은 파악되지 않았습니다만 저희 쪽이 실수한 건 없는 것 같습니다."

강윤이 이해할 수 없다는 표정으로 물었지만 장훈은 고개를 저으며 대답했다.

계약을 파기하는 것은 작가에게도 리스크가 크기 때문에 정말 많이 엇나가지 않는 이상 계약을 파기하는 경우는 드물었다.

가장 대표적인 리스크가 위약금이었다.

이름 있는 작가일수록 계약금 액수가 높은 경우가 많았다.

계약금이 많을수록 위약금을 많이 지불해야 하기 때문에 유명 작가들의 일방적인 계약 파기는 드문 편이었다. 그래서 갑작스러운 리스의 계약 파기 통보는 충격적이었다.

"그럼 무슨 리스 작가에게 뭔가 개인적인 사정이 있는 건가요?"

강윤이 물었다.

개인적인 사정이 있어서 계약이 파기되는 경우는 가끔 있었다. 이 경우 출판사나 매니지먼트도 융통성이 있고 협의하에 이루어지는 계약 파기였기 때문에 계약금만 돌려받고 위약금은 받지 않는 게 보통이었다.

"그렇지 않아도 이유를 물어봤습니다만… 대답을 해주지 않습니다. 위약금을 물어도 괜찮으니 계약을 파기하겠다고 하네요."

"리스 작가가 받아 간 계약금이 얼마였죠?"

강윤의 물음에 장훈은 기억을 더듬어 보았다. 리스와 계약을 한 직원은 그였기 때문에 어렵지 않게 기억을 떠올릴 수 있었다.

"1,000만 원입니다."

리스의 계약금은 1,000만 원이었다.

장훈은 확실하게 기억하고 있었다.

당시 리스의 성적이 좋았을 뿐만 아니라 작가들을 데려가기 위한 경쟁이 과열되어 있었기 때문에 다소 신인에 가까웠음에도 불구하고 1,000만 원이라는 계약금을 받고 문학 왕국 매니지먼트의 작가가 되었다.

"그렇다면 3,000만 원이군."

강윤의 혼잣말에 회의실에 모인 직원들이 고개를 끄덕였다.

리스가 계약을 파기하는 것으로 인해 문학 왕국에 들어올 위약금을 말하는 것이었다. 보통 위약금은 3배였다. 가끔 리디스 미디어처럼 5배를 요구하는 곳도 있었지만 드문 편이었다.

"계약 파기를 통보한 이상 계약은 파기된 거나 다름없습니다. 남은 건 위약금과 계약서 파기 절차뿐입니다."

유감스럽게도 문학 왕국의 계약서 조항으로는 일방적인 계약 통보에 위약금을 청구하는 것 이상의 보복을 할 수 없었다. 심지어 계약 파기를 연기할 수도 없었다.

출판사나 매니지먼트가 계약을 파기할 때 유리하게 적용될 것이라 생각한 조항들이 오히려 지금 문학 왕국의 발을 묶고 있었다.

"어떻게 할까요? 리스 작가는 당장에라도 계약서를 들고 사무실로 올 수 있다고 합니다."

리스의 거주지는 인천이었다. 그래서 당장에라도 문학 왕국 사무실로 찾아와 계약서를 파기할 수 있었다.

강윤은 이를 악물었다.

장훈이 어떻게 할지 묻고 있기는 했지만 문학 왕국이 취할 수 있는 행동은 지극히 한정되어 있기 때문에 답답했다.

"일단은 불러서 계약서 파기하세요. 입금은 확실하게 확인하시고요."

강윤은 결정을 내렸다. 마음 같아선 리스를 놓아주고 싶지 않았다. 그는 현재 베스트 1위였고 문학 왕국의 매출에서 적지 않은 부분을 차지하고 있었다.

"알겠습니다."

장훈은 고개를 끄덕이며 대답했다.

"다른 출판사나 매니지먼트에서 리스 작가를 스카웃한 게 아닐까요?"

편집팀장 한예나가 조심스럽게 의견을 제시했다. 그 말에 강윤의 눈동자가 커졌다. 충분히 가능한 일이었다.

"하지만 그럴 리는 없습니다. 출판사와 매니지먼트와 계약 중인 작가를 계약 파기를 시키면서까지 데려가는 것은 하면 안 되는 것은 업계의 금기잖습니까?"

"하지만 대표님, 금기를 먼저 어긴 것은 우리입니다."

현실을 부정하는 강윤을 보며 장훈이 어두운 표정으로 말했다. 문학 왕국에서 먼저 어긴 이상 금기는 더 이상 의미 없었다.

* * *

"다녀왔습니다."

점심시간을 훌쩍 넘긴 오후, 사무실 문이 열리며 칠흑팔검이 걸어 들어왔다. 뭔가를 성공적으로 끝낸 것인지 표정이 밝왔다. 그는 직원들의 인사를 받으며 대표실까지 발걸음을 옮겼다.

똑똑똑.

"칠흑팔검입니다."

"들어오세요."

노크와 함께 스스로의 신원을 밝히자 안에서 들어와도 좋다는 말이 새어 나왔다. 칠흑팔검은 조심스럽게 문을 열고 안으로 들어갔다.

규현은 책상에 앉아 노트북 키보드를 열심히 두드리고 있었다.

"차기작 작업하고 계시는 겁니까?"

칠흑팔검의 물음에 규현은 대답 대신 고개를 끄덕였다. 최근 14개의 프롤로그의 스탯을 확인했었다. 모두 세계관과 설정이 다 달랐다. 그리고 그중에서 가장 괜찮은 스탯이 나온 프롤로그의 세계관과 스탯을 다시 재정비하는 작업을 하는 중이었다.

조금 더 완벽한 세계관과 설정으로 완성도 높은 스토리를 써내기 위한 작업이었다.

"세계관 설정 작업이군요."

칠흑팔검은 규현이 지금 어떤 작업을 하고 있는지 대충 알고 있었다. 규현이 차기작이 막힐 때마다 자주 그에게 조언을 구했기 때문이었다.

"슬슬 다 끝나갑니다. 먼저 앉으시죠."

"네."

규현은 칠흑팔검에게 먼저 소파에 앉을 것을 권했다.

칠흑팔검은 대답과 함께 소파에 앉았다. 규현은 차기작 세계관 설정 작업을 마무리한 뒤, 칠흑팔검의 정면의 소파에 앉았다.

"칠흑팔검 작가님, 표정을 보니 결과는 좋은 것 같습니다."

"레티스 작가 계약 건 말씀하시는 거죠?"

규현은 고개를 끄덕였다.

칠흑팔검은 북페이지와 계약한 레티스와의 계약을 위해 외근을 나갔었다. 그런데 표정이 좋은 것을 보니 결과가 괜찮은 것 같았다.

"레티스 작가를 잘 설득한 것 같군요. 처음 전화 통화를 했을 때만 해도 상당히 망설이는 기색이었다고 하셨죠?"

"네. 아무래도 멀쩡한 계약을 파기하면 이미지가 나빠질 수도 있으니까요."

"어쨌든 잘된 일입니다. 수고하셨어요."

레티스는 작가 스탯이 B급이었다. B급이면 국내 작가들 중에서는 상위권이었기 때문에 북페이지의 입장에선 타격이 클 것이다.

"슬슬 북페이지와 문학 왕국에서도 대비를 하겠죠?"

규현이 물었다.

출판사와 매니지먼트들이 연합해서 북페이지와 문학 왕국의 작가들을 빼돌리기 시작하고 시간이 조금 흘렀다.

북페이지와 문학 왕국도 이제 다른 출판사와 매니지먼트들의 수상한 움직임을 눈치채고 대비하고 있을 것이다.

"예. 아마도 그럴 겁니다."

칠흑팔검이 긍정했다.

"명단에 있는 최우선 확보 작가들은 어느 정도 확보했습니까?"

"절반 정도입니다. 생각보다 다른 출판사와 매니지먼트들이 활발하게 움직이고 있어서 쉽지 않았습니다."

칠흑팔검의 말에 규현은 고개를 끄덕였다. 최우선 확보라고 적혀 있는 명단의 작가들은 대부분 인기 작가들이니 출판사나 매니지먼트들의 눈에 띌 수밖에 없었다.

"다들 작정을 하고 움직이는 것 같네요."

"아무래도 그렇겠죠. 이렇게 몸집을 키울 수 있는 기회는 흔치 않으니까요."

문학 왕국과 북페이지의 실수와 출판사, 그리고 매니지먼트들의 집단행동으로 인한 면죄부는 이번 기회를 제외하면 이제 없을 것이다.

모두 그것을 잘 알기 때문에 자신들의 몸집을 크게 불릴 수 있는 이번 기회를 놓치지 않으려고 하는 것이다.

"그런데 1세대 작가들과는 접촉하지 않아도 되는 겁니까?"

"아뇨. 1세대 작가들을 영입하려고 움직이지 않는 게 좋습니다."

규현은 고개를 저었다.

1세대 작가들을 영입하면 분명 장점도 많았지만 단점도 많았다.

"1세대 작가들은 엉덩이가 무겁습니다. 명성이 다른 작가들과는 비교도 할 수 없을 정도기 때문에 계약을 파기했을 때 구설수에 오르기도 쉽게 역풍에 치명적입니다."

1세대 작가들은 여러 이유 때문에 계약 파기를 권하기가 상당히 힘들었다. 게다가 그들은 쉽게 움직이지 않기 때문에 계약을 하는 게 하늘의 별 따기나 다름없었다.

그들에게 집중하는 사이에 다른 작가들을 타 출판사나 매니지먼트들에게 뺏길 수도 있었다.

가능성 낮은 1세대 작가들을 노리는 것보단 그나마 가능성이 있는 최상위권이나 상위권 작가들을 노리는 게 더 낫다고 규현은 생각했다.

"그래도 제이엔 미디어는 접촉을 시도하고 있던데요."

칠흑팔검이 조심스럽게 우려를 표했다. 제이엔 미디어에서 북페이지의 1세대 작가들에게 접촉하려는 시도를 보이고 있었기 때문이었다.

"걱정 마세요. 1세대 작가들은 움직이지 않을 겁니다."

규현은 확신할 수 있었다.

정규현이 주도하고 여러 출판사와 매니지먼트가 합세한 작가 빼돌리기가 본격적으로 진행되면서 북페이지와 문학 왕국은 그야말로 난리가 났다.

특히 북페이지는 계약한 1세대 작가들을 뺏길까 봐 긴급 회의를 열고 타 출판사와 매니지먼트들의 접촉을 집중적으로 차단하기 위해 노력했지만 쉽지 않았다.

북페이지는 문학 왕국과는 달리 쪽지 기능이 없었기 때문에 작가에게 직접 연락을 시도하기 어려운 점이 많았지만 1세대 작가들은 유명해서 어떻게든 접촉할 수단이 있었다. 그래서 그들을 집중적으로 보호할 수밖에 없었다.

북페이지가 1세대 작가들을 보호하는 사이, 중위권과 상위권 작가들은 무방비하게 노출되었고 출판사와 매니지먼트들은 싱글벙글 웃으며 그들을 데려갔다.

쪽지 기능이 없다고는 하지만 출판사나 매니지먼트에서 기성 작가의 연락처를 알아내는 것은 크게 어려운 일이 아니었다.

신인 작가들의 경우는 연락처를 알아내는 게 힘들지만 출판사와 매니지먼트들은 중상위권 작가가 아닌 이상 신인 작가를 위약금을 부담하면서까지 영입할 필요를 못 느껴서 굳이 접촉하지 않았다.

문학 왕국과 북페이지도 이에 대응하여 작가들을 영입하기 위해 움직였지만 두 개의 매니지먼트가 감당하기엔 가람북과 그에 합세한 출판사, 그리고 매니지먼트의 수가 너무 많았다.

상황은 점점 악화되고 있었고 결국 북페이지 회의실에 각 회사 간부들이 모였다.

북페이지 대표와 문학 왕국 대표는 갑자기 악화된 상황에 충격을 받아 회의 진행을 맡을 수 없었고, 결국 도윤과 형석이 회의를 진행하게 되었다.

"벌써 저희 쪽에서만 50명의 작가가 이탈했습니다."

북페이지 기획팀장 유상혁은 문학 왕국 직원들을 향해 따지듯 말하며 코끝으로 내려온 안경을 살짝 올렸다.

"지금 저희에게 따지시는 겁니까?"

문학 왕국 기획팀장 서장훈은 대표해서 불쾌감을 나타냈다. 상혁이 한 말이 마음에 들지 않은 것 같았다.

"저희 문학 왕국이 북페이지로부터 그런 소리를 들을 이유는 없다고 생각합니다."

장훈의 말에 이번에는 상혁이 두 눈을 가늘게 뜨고 그를 노려보았다. 상혁은 어이가 없다는 표정으로 입을 열었다.

"할 말을 잃게 만드시는군요. 금기를 깨자고 한쪽은 문학 왕국 아닙니까? 행동에 책임을 지셔야죠."

"북페이지도 잔뜩 들떠서는 저희와 함께 가람과 파란책의 작가들을 마구 빼 왔잖아요."

상혁의 말에 장훈이 정면으로 반박했다.

문학 왕국이 금기를 깨고 가람과 파란책의 작가들을 빼 오기 시작했을 때 북페이지도 가만히 있지는 않았다. 그들도 문학 왕국을 따라서 작가 빼내기에 적극적으로 동참했던 것이다.

장훈은 그 점을 지적하고 있었다.

"그래도 먼저 시작한 쪽은 문학 왕국 아닙니까!"

"저희가 사람을 죽이면 따라 죽일 겁니까? 그래도 죄가 없다고 할 수 있어요?"

상혁은 물론이고 장훈도 서로에게 책임을 떠넘기기 바빴다. 그 모습을 보며 도윤과 형석은 눈살을 찌푸렸다.

당장 서로 도와도 부족한데 이빨을 드러내고 책임을 떠넘기고 있으니 답답할 수밖에 없었다.

물론 그게 전부는 아니었다. 한편으로는 책임 떠넘기기가 좀처럼 쉽게 되지 않자 답답한 마음을 숨기지 못하는 점도 없지 않아 있었다.

"지금 그걸 말이라고 합니까!"

"다들 진정하세요."

상혁이 흥분하여 자리에서 일어나는 등 상황이 격해지자 잠자코 있던 도윤이 개입해서 모두를 진정시켰다.

"죄송합니다."

상급자인 도윤이 개입하자 상혁은 일단 꼬리를 말고 사과를 했지만 여전히 못마땅한 시선을 장훈에게 보내며 이를 악물었다.

불과 얼마 전까지만 해도 사이가 좋았던 두 회사의 직원들이었지만 상황이 좋지 않자 분란의 씨앗이 터진 것이다.

"지금 상황이 좋지 않습니다. 그런데 지금 이렇게 내분이 일어나면 치명적입니다. 그리고 그렇게 되면 우리는 자멸할 것이고 정규현 작가는 축배를 들겠죠."

도윤이 심각한 표정으로 말하자 회의실에 모인 직원들은 입을 열지 못하고 고개를 숙였다.

"일단 서로의 피해를 확실하게 파악하는 게 중요합니다. 앞서 말했듯이 저희 북페이지에선 50명의 작가들이 이탈했습니다."

"저희 문학 왕국에선 42명의 작가들이 이탈했습니다."

도윤의 말에 이어서 형석이 문학 왕국의 상황을 보고했다.

문학 왕국과 북페이지를 합쳐서 90명이 넘는 작가들이 이탈했다. 이것은 결코 가볍게 넘길 수 없는 일이었다.

"일단은 움직이고 있는 출판사와 매니지먼트가 어딘지 알아둬야겠군요. 북페이지 쪽에서 혹시 조사한 자료가 있습니까?"

"그러지 않아도 말씀드리려고 했습니다."

형석의 질문에 도윤은 입가에 미소를 머금으며 책상 위에 어지럽게 놓여 있는 서류를 정리한 뒤, 하나를 뽑아 들었다.

"가람, 판타지 제국, 오성 북스, 제이엔 미디어, 파란책, 한지, 조아 북스가 가장 먼저 저희 작가들을 빼내기 시작했습니다. 얼마 지나지 않아서 다른 출판사와 매니지먼트들도 행동에 나서긴 했지만 사실상 최초 7곳은 연합했다고 생각하는 게 좋을 것 같습니다."

도윤이 두 눈을 날카롭게 뜨고 회의실 내부를 훑으며 말했다.

그의 말대로 처음 7곳은 가람의 주도하에 연합한 상태였고 그 이후에 움직인 출판사와 매니지먼트들은 가람을 포함한 7곳의 출판사와 매니지먼트가 작가 빼 오기를 시작한 것을 보고 개별적으로 움직인 것이었다.

"빠져나간 작가님들의 수는 합쳐서 100명 가까이 되지만 이대로 가만히 있으면 더 늘어날 것으로 보입니다."

문학 왕국 편집팀장 한예나가 조심스럽게 의견을 내놓았다.

"그 의견에 저도 동의합니다."

도윤도 예나의 생각과 같았다. 이대로 가만히 있으면 상황은 더욱 악화될 것이다. 대책을 생각해 내야만 했다.

"하지만 뾰족한 수가 없지 않습니까?"

형석이 한탄하듯 말했다. 도윤의 시선이 그에게 향했다.

"저희는 몰라도 문학 왕국 측은 당장 취할 수 있는 방법이 하나 있습니다."

"그게 무엇이죠?"

형석의 두 눈이 빛났다.

"바로 문학 왕국 웹사이트의 쪽지 기능을 마비시키는 것입니다."

"쪽지 기능을 마비시켜요?"

"네. 저희 쪽과는 달리 문학 왕국의 작가들을 빼낼 때 그들이 연락 수단으로 사용하는 것은 쪽지입니다. 계정을 정지시키는 것은 새로운 계정을 만들 수도 있으니 쪽지 기능 자체를 마비시키는 것이 현명하다고 생각됩니다."

도윤은 쪽지 기능을 마비시킨다는 초강수를 제시했다. 형석은 두 눈을 가늘게 뜨고 생각을 정리했다. 이윽고 생각 정리를 끝낸 그는 도윤을 보며 입을 열었다.

"하지만 정 실장님, 그러면 독자들이 반발할 수도 있습니다."

형석은 생각을 정리해 보았지만 아무리 생각해도 쪽지 기능을 마비시키면 독자들이 거부 반응을 일으킬 것 같았다. 원래부터 쪽지 기능이 없었다면 불편해도 적응하고 이용하겠지만 제대로 기능하고 있는 쪽지 기능을 마비시키면 그만큼 반발이 심할 수밖에 없는 것이다.

"그건 사소한 부작용에 불과합니다. 볼만한 작품이 없으면 독자들은 떠나게 되어 있어요. 그것을 막기 위해선… 아니, 적어도 시간을 벌기 위해선 쪽지 기능을 마비시키는 수밖에 없습니다."

도윤의 말도 일리가 있었기 때문에 형석은 반박하지 않았다.

"우선 대표님께 보고해야 할 것 같군요."

                    *   *   *

서울 강남의 유명한 바.

고급스러운 정장을 갖춰 입은 두 명의 남자가 비밀스러운 만남을 가지고 있었다. 기태와 인한이었다.

"문학 왕국과 북페이지가 곤란해하는 것 같더군."

문학 왕국과 북페이지의 일로 기태가 먼저 말문을 열었다. 술잔을 입가로 가져가던 인한의 손이 멈췄다. 그는 인상을 찌푸렸다.

"제기랄! 돈을 그렇게 퍼부었는데도 고작 작가에 작은 매니지먼트 대표에 불과한 정규현의 목을 비틀지 못했단 말이야?"

인한의 분통 어린 혼잣말에 기태는 속으로 그를 비웃으며 입을 열었다.

"그 고작 작가에 작은 매니지먼트 대표에 불과한 정규현은 해외 출판과 여러 사업으로 현금 자산만 수십 억이 넘는다. 어쩌면 100억을 넘었을지도 모르지."

규현이 해외 출판 등으로 얻은 인세는 엄청난 수준이었다. 검은 사신 시즌 2의 계약만 해도 추가금을 지급받기로 되어 있었고, 지금 검은 사신 시즌 2는 크게 성공하여 막을 내렸으니 추가금은 엄청날 것이다.

이런저런 것을 모두 합치면 규현의 재산은 수십 억을 우습게 넘을 정도였다.

"세상에… 정규현의 재산이 그렇게나 많습니까?"

인한은 전혀 예상 못 한 눈치였다. 고작해야 작은 매니지먼트의 대표에다 한국에서 이름 좀 있는 작가에 불과하다고 생각하고 있었던 것이다.

"현금 자산만 치면 너보다 많다."

기태는 철저한 성격이었고 규현에 대해서도 간단한 뒷조사를 했었다. 그 결과 자세히는 파악하지 못했지만 간단한 재산

규모를 파악할 수 있었다.

"맙소사."

인한의 눈동자가 떨렸다.

적이 생각보다 강력한 것 같아서 긴장되었다. 그는 규현을 밟는 일이 그저 벌레를 밟는 일과 크게 차이가 없을 것이라 생각했었는데 기태의 말을 들어보니 만만하게 볼 상대는 아닌 것 같았다. 아니, 어쩌면 상대를 잘못 골랐을지도 모르는 일이었다.

"그것보다 괜찮은 건가? 문학 왕국과 북페이지가 무너지면 더 이상 장기짝으로 쓸 업체가 사라지는데?"

인한의 눈동자가 다시 크게 흔들렸다. 기태의 말에 문학 왕국과 북페이지의 중요성을 다시 깨달은 것이다.

규현의 가람은 장르 소설계에서 상당히 영향력이 커졌다. 지금 그들과 비견될 만한 곳은 문학 왕국과 북페이지밖에 없었는데, 그들이 무너지게 되면 인한은 대리전을 펼칠 장기짝이 없어진다.

인한이 몸담고 있는 태산그룹은 대기업이었기 때문에 여러 규제가 있었고 그래서 출판업계에 함부로 끼어들 수 없었다.

"형님, 문학 왕국이나 북페이지가 무너지면 움직일 수 있는 장기짝은 없는 겁니까?"

인한의 물음에 기태는 볼을 긁적이며 입을 열었다.

"리디스 미디어가 있지만 그들은 너무 약해서 별로 도움이 되지 않을 거다."

북페이지와 문학 왕국이 사라지면 규현에게 원한을 가진 출판사는 리디스 미디어만 남게 된다. 그런데 리디스 미디어는 장기짝으로 사용하기엔 너무 약했다.

북페이지와 문학 왕국이 퀸이라고 할 수 있다면 리디스 미디어는 폰에 불과했다.

"문학 왕국과 북페이지가 무너지기 전에 빨리 구원하는 게 좋지 않겠어?"

기태가 뱀과 같은 간사한 목소리로 인한에게 속삭였다.

인한은 마른침을 삼켰다. 기태의 달콤한 속삭임이 결코 넘지 말아야 한다고 스스로 정해 놓은 금단의 선을 넘으라고 재촉하고 있었다.

'주식을 팔면 자금을 더 동원할 수 있다.'

그 금단의 선은 주식을 팔아서 문학 왕국과 북페이지에 융통할 자금을 마련하는 것이었다. 다만 이 경우 그의 아버지인 태산그룹 회장에게 들키게 된다면 후계자 자리가 위태로워진다.

아니, 태산그룹 회장에게 들키지 않더라도 경쟁자가 알게 되면서 인한이 매각한 주식을 재매입하게 되는 경우에도 경영권 방어가 위태로워질 수도 있었다.

생각을 정리한 인한은 이를 악물었다. 다혈질적인 그의 성격은 이미 뜻대로 되지 않게 되면서 폭발 직전이었다.

무슨 일이 있어도 규현을 매장시키고 싶었다.

주먹을 꼭 쥐고 한참을 고민하던 그는 곧 고개를 들어 올려 기태를 보며 입을 열었다.

"형님, 주식을 매각하겠습니다."

인한의 말에 기태는 속으로 사악한 미소를 지었다. 모든 게 그의 뜻대로 흘러가고 있었다.

사무실에 출근한 규현은 문학 왕국 작가들에게 쪽지를 보내서 가람으로 영입하기 위해 리스트를 꺼내 확인했다.

가람에서 문학 왕국으로 옮긴 작가도 많았지만 문학 왕국 소속 작가는 여전히 많았고 리스트에 이름을 올린 작가 또한 많았다. 그래서 쪽지는 많이 보내도 부족했다.

"어? 이상한데?"

평소처럼 쪽지를 보내기 위해 작가 프로필을 클릭한 규현은 뭔가 이상한 점을 발견했다. 쪽지를 보내려 했는데 쪽지 보내기 버튼이 없었다. 규현은 고개를 갸웃거리며 혹시나 싶은 마음에 공지를 확인했다.

[서버 안정화 문제로 당분간 쪽지 서비스를 중단합니다.]

"어이가 없네."

규현은 실소를 감추지 못했다.

문학 왕국에선 서버 안정화라는 핑계를 댔지만 사실은 쪽지 기능을 마비시킨 게 가람 때문이라는 것을 규현은 알고 있었다.

문학 왕국에서 작가들과 접촉하는 주요 수단이 쪽지라는 것을 잘 알고 있기 때문에 쪽지 기능을 마비시킨 것 같았는데 부질없는 짓이었다.

쪽지가 마비되었다고 해서 작가들에게 연락을 취할 수단이 없는 것도 아니었다. 조금만 노력하면 연락처를 알아내는 것도 어려운 일이 아니었다.

문학 왕국의 이번 방책은 하책이었다. 시간 벌이 정도에 불과했다.

오히려 쪽지 기능 마비로 인한 불편으로 독자들의 불만을 야기할 뿐이었다.

똑똑똑.

다급함이 느껴지는 노크 소리에 규현은 고개를 들어 문 쪽을 보며 입을 열었다.

"들어오세요."

"대표님! 문학 왕국 쪽지 기능이 마비되었습니다!"

규현이 들어와도 좋다고 말하자 문이 벌컥 열리고 칠흑팔검이 다급한 표정으로 반쯤 뛰어오다시피 들어와 보고했지만 이미 알고 있는 사실이었다.

"저도 방금 확인했습니다."

"문학 왕국이 이런 강수를 둘 줄은 몰랐습니다."

칠흑팔검의 말에 규현은 두 눈을 가늘게 뜨고 노트북 화면의 문학 왕국 홈페이지를 노려보았다.

"어떤 의미로는 강수지만 저희에겐 전혀 위협이 되지 않네요."

"확실히 그것도 그렇군요."

칠흑팔검도 머리 회전이 빠른 편이었기 때문에 규현의 말을 이해할 수 있었다. 현재 가람이 조금만 노력한다면 문학 왕국 작가들과 접촉 가능한 연락처를 알아낼 수 있었다.

"동요하지 말고 작가들과 계속 접촉하면 됩니다. 그 과정이 조금 번거로워졌을 뿐이에요."

"그런데 문학 왕국에서 추가 도발이나 대응을 해올 가능성이 매우 높지 않겠습니까?"

칠흑팔검이 조심스럽게 의견을 말했다. 규현은 고개를 끄덕였다. 그도 같은 생각이었다.

"아마도 그렇겠죠? 하지만 지금 당장은 뚜렷한 게 없으니 며칠 동안 상황을 지켜보도록 하죠."

＊　　　　＊　　　　＊

문학 왕국이 쪽지 기능을 정지시키고 며칠의 시간이 흘렀다. 규현은 차기작으로 인해 복잡한 머리를 식히기 위해 일찍 퇴근해 침대에 편안한 자세로 누워 소설 구상에 집중하고 있었다.

저녁을 먹기도 귀찮아서 편의점에서 사온 삼각 김밥으로 간단하게 식사를 해결한 규현은 마침내 책상으로 향했다. 그리고 가방에서 노트북을 꺼내 펼쳤다.

"누구지?"

본격적으로 세계관 설정 작업에 집중하려는 찰나, 스마트폰 벨소리가 울렸다. 규현은 책상 구석으로 치워놓았던 스마트폰을 가져와 들어 올려 화면을 확인했다.

전화를 걸어온 사람은 상현이었다.

시간도 늦지 않았고 업무에 관련된 전화일 게 뻔했기 때문에 규현은 서둘러 통화 버튼을 누르고 스마트폰을 귓가로 가져갔다.

"응, 무슨 일이야?"

―형, 지금 어디예요?"

"오피스텔이야. 차기작 세계관 설정 작업하려고 했어."

규현은 대답과 함께 마우스를 움직여 차기작 세계관 설정 문서 파일을 클릭했다. 새로운 한글창이 화면에 나타나고 그는 의자에서 일어나 방을 나오며 말했다.

─그럼 지금 인터넷 확인할 수 있죠?

"아, 물론이지."

상현의 말을 들어보니 인터넷을 사용해야 할 것 같았다. 그래서 그는 인터넷을 사용하기 위해 다시 방으로 들어갔다. 그리고 마우스를 몇 번 움직이고 클릭해서 인터넷을 켰다.

"인터넷 켰다."

─문학 왕국에 접속해 보세요.

규현은 대답 대신 마우스를 움직이고 키보드를 두드려 문학 왕국 홈페이지에 접속했다.

─이벤트에 들어가 보시면 지금 상황을 대충 알 수 있을 거예요.

규현은 이벤트란을 클릭했다. 그리고 문학 왕국에서 진행 중인 너무나 황당한 이벤트를 확인할 수 있었다.

'5억 원을 쏩니다'라는 제목이었고 말 그대로 5억 원 규모의 이용권을 문학 왕국에서 소설을 결제한 독자들에게 추첨을 통해 나누어 준다는 미친 이벤트였다.

"미쳤군."

─북페이지도 마찬가지로 5억 원 상당의 소설 이용권 이벤

트를 하고 있어요. 도대체 어디서 이런 막대한 자금을 융통한 것일까요?

규현은 자신도 모르게 혼잣말을 중얼거렸고 그에 반응하듯 상현이 말했다.

"글쎄다."

그렇게 말했지만 규현은 문학 왕국과 북페이지의 자금 출처를 어렵지 않게 알 수 있었다. 바로 태산그룹 후계자 최인한이었다.

"내일 대책을 의논하도록 하고 오늘은 일단 끊자."

—네.

규현은 상현과 전화를 끊고 생각을 정리했다.

얼마 전 기태와 비밀스럽게 접촉했었다.

그때 들은 바에 따르면 인한은 더 이상의 현금 자산이 없다고 했다. 이제 남은 것은 부동산과 주식뿐. 부동산은 매각하는 데 시간이 오래 걸리니 주식을 매각한 것이 분명했다.

기태도 문학 왕국과 북페이지가 갑자기 자금 지원을 받는다면 인한이 주식을 매각해서 확보한 자산으로 지원했을 게 분명하니 자신에게 꼭 알려달라고 했다.

기태가 따로 정보를 수집한다고는 하지만 인하의 자금 유동을 완벽하게 파악할 순 없었다. 그래서 규현이 적절한 타이밍에 기태에게 인한의 자금 유동을 알려줘야만 그와 인재가 움직여 적절하게 인한을 압박할 수 있었다.

규현은 즉시 스마트폰을 꺼내 들어 기태에게 전화를 걸었다.

—네.

얼마 지나지 않아서 기태가 전화를 받았다.

"지금 통화 가능하십니까?"

—예. 가능합니다만 급한 일이십니까?

"네. 급한 일입니다."

급한 일이란 인한과 관련된 일을 말하는 기태와 규현만 알고 있는 일종의 암호였다.

—간단하게 말씀해 보세요.

기태가 말했다. 그는 녹음되는 것을 두려워하고 있었기 때문에 인한에 대한 직접적인 언급을 최대한 피하려 하고 있었고 그것은 규현 역시 마찬가지였다.

"그가 확실하게 움직인 것 같습니다."

—그렇군요. 조치하겠습니다. 감사합니다. 정규현 작가님, 큰 도움이 되었습니다.

규현의 짧은 말 한 마디를 기태는 완벽하게 이해했다. 두 사람의 대화는 끝이 났고 전화는 끊어졌다. 그는 스마트폰을 책상 위에 내려놓으며 의미를 알 수 없는 미소를 지어 보였다.

일이 재밌게 흘러가고 있었다.

　　　　＊　　　　　＊　　　　　＊

　규현과의 전화 통화를 끝낸 기태는 서둘러 인재에게 전화를 걸었다. 이윽고 인재가 전화를 받자 그는 입꼬리를 끌어올려 사악한 표정을 지어 보이며 입을 열었다.

　"지금 즉시 늘 만나는 바로 나와. 할 말이 있으니까."

　—네. 알겠습니다.

　거의 일방적이라고 해도 좋을 통보가 끝나고 기태는 전화를 끊었다. 그리고 그는 책상 위의 서류를 정리하기 시작했다.

　똑똑.

　"들어와도 좋습니다."

　노크 소리가 들렸다.

　기태가 들어와도 좋다고 허락하자 문이 열리고 단정한 정장 차림의 남자가 걸어 들어 왔다. 백호그룹 비서실의 강진영이었다.

　"대표님, 신제품 기획안입니다."

　"거기 올려놓으세요."

　기태는 서류를 정리하며 검지로 책상 구석을 가리켰다. 진영은 그곳에 기획안을 올려놓았다.

　"퇴근하십니까?"

"네. 오늘은 피곤해서 조금 일찍 퇴근하려고 합니다."

"차량을 대기시키겠습니다."

"아뇨. 오늘은 개인적인 볼일도 있고 제가 운전하겠어요."

당연히 평소대로 차량을 대기시키겠다고 말하며 차 키를 꺼내는 진영을 기태는 고개를 저으며 말렸다.

"알겠습니다."

진영은 대답과 함께 차키를 기태에게 넘겼다.

"비서실장에게 필요한 보고만 끝내면 바로 퇴근해도 좋습니다."

"감사합니다."

진영은 고개를 살짝 숙이며 감사를 표했다. 직장인에게 빠른 퇴근은 언제나 반가운 것이었다.

진영이 먼저 퇴근하고 기태는 인재를 만나기 위해 약속 장소로 향했다.

약속 장소는 바였다. 전체적으로 조용하고 이용하는 사람도 많지 않았기 때문에 기태와 인재는 비밀스러운 만남을 가지는 장소로 자주 이용하고 있었다.

내부로 들어가니 인재의 모습을 어렵지 않게 찾아볼 수 있었다. 인재는 구석진 자리에 앉아 스마트폰을 만지고 있었다.

검은색의 테이블 위에는 술잔이 놓여 있었는데, 손도 대지 않은 듯 술이 가득 채워져 있었다.

기태는 인재가 앉아 있는 곳을 향해 발걸음을 옮겼다. 얼마 지나지 않아서 기태의 기척을 느낀 인재는 의자에서 일어나 기태를 반겼다.

"오셨습니까?"

"그래."

두 사람은 가볍게 악수를 나눈 뒤 마주 보고 앉았다.

"형님이 주식을 매각한 겁니까?"

기태가 말하기 전에 먼저 인재가 말문을 열었다. 그는 눈치가 빠른 편이었다. 요즘 두 사람은 인한을 노리고 움직였기 때문에 기태가 갑작스럽게 부른 이유를 추측하는 것은 어려운 일이 아니었다.

"그래. 거의 확실한 정보다. 정규현 작가는 문학 왕국과 북페이지가 거대한 자금의 지원을 받지 않고서야 불가능한 이벤트를 진행 중이라고 전했고, 나도 그것을 확인했다."

5억 원 상당의 무료 이용권 증정 이벤트를 말하는 것이었다.

규현의 예상대로 외부의 도움 없이 북페이지와 문학 왕국이 진행하기엔 큰 이벤트였다. 그리고 자금 지원을 할 만한 사람은 인한뿐이었다.

상황을 볼 때 인한이 지원했다는 게 확실했고 기태는 인한이 당장 융통할 수 있는 자금이 거의 없다는 것을 알고 있었다.

"주식을 얼마나 매각했는지는 아직 모르는 건가요?"

인재는 술잔을 입가로 가져가 술을 한 모금 마시며 물었다. 중요한 문제였다.

인한도 완전 바보는 아니었기 때문에 인재가 주식을 매입하려는 움직임을 보이면 알아채게 된다. 그래서 한 번 정도밖에 움직일 수 없었기 때문에 확실한 때를 잡아서 움직여야 했다.

이번에 매각한 주식이 얼마 되지 않는다면 움직이기 곤란했다. 조금 더 문학 왕국과 북페이지를 몰아붙여야만 했다.

"아직은 확실하게 모르지만 비밀리에 알아보고 있다. 대충 견적이 나오긴 했는데… 아마 50억 원 이상은 확보한 것 같다."

이 세계는 정보가 생명이었다. 그래서 기태는 눈에 띄는 정보 공급처 외에도 비밀리에 움직일 수 있는 정보원들을 가지고 있었다.

회사를 통하는 것보단 확실히 속도가 느렸지만 비밀리에 움직일 수 있다는 장점이 있었다.

"50억 원 이상 확보될 정도로 주식을 매각했다면 그냥 지금 움직여도 되겠군요."

50억 원 규모의 주식을 매각했다는 것은 결코 가벼운 일이 아니었다. 인재가 기태의 도움을 받아 주식을 추가로 확보한다면 인한에게 치명적인 위협이 될 수도 있었다.

"증거는 충분히 확보했겠지?"

인한이 사적인 일로 회사를 움직였다는 증거를 확보했는지 물었다.

주식을 팔았다는 것만으로는 그를 완벽하게 끌어내릴 수 없기 때문에 확실하게 하기 위해선 여러 공작이 필요했다.

"네. 증거는 확보되었습니다. 이제 아버지께 전하기만 하면 됩니다."

인재는 입꼬리를 끌어 올리며 대답했다. 그는 언젠가 찾아올 기회를 위해 오래전부터 주변을 정리하며 준비를 해왔다. 그 준비 덕분에 인한이 사적인 일로 회사를 움직인 정황을 증명하는 증거를 신속하게 확보할 수 있었다.

"퇴근하면 바로 터뜨려."

"드디어 때가 왔군요."

인재의 입가에 비열한 미소가 번졌다.

62장

최고

이른 시간이 아니었지만 지은은 침대에 누워 있었다.

방 안의 테이블에는 고용인이 가져온 아침이 놓여 있었으나 그녀는 손도 대지 않았다. 규현에 대한 그리움이 점차 깊어지면서 최근 며칠 동안 그녀는 멍하니 벽을 보며 규현에 대한 추억을 떠올리는 것 외엔 아무것도 하지 않았다.

과거에는 여러 방법으로 추억을 저장했지만 요즘 현대인들이 추억을 저장하는 방법은 오직 스마트폰이었다. 그건 지은 또한 마찬가지였다.

규현과의 모든 추억은 그녀의 스마트폰에 저장되어 있었다.

그런데 그것을 뺏겼으니, 그를 추억할 수 있는 방법은 그저 멍하니 앉아서 기억을 더듬는 것뿐이었다.

"오빠……."

그녀는 슬픈 목소리로 중얼거리며 이불이 규현이라도 된 것처럼 끌어안았다. 벌써 그의 모습을 보지 못한 지도 적지 않은 시간이 흘렀다. 외로움은 사무쳐 흉터가 되었고 공허한 마음엔 바람이 불었다.

똑똑.

노크 소리가 들렸지만 그리움에 사무쳐 괴로워하고 있는 그녀는 입을 열지 않았다. 그 누구의 얼굴도 보고 싶지 않았기 때문이었다.

"아가씨."

지은이 들어와도 좋다고 하지 않았음에도 불구하고 조심스럽게 문이 열리고 정장을 갖춰 입은 단발머리의 여성이 걸어들어왔다.

대한전자 비서실의 한진희 대리였다.

그녀는 태식으로부터 지은의 감시를 지시받고 행동하고 있었다.

"오늘도 식사를 하지 않으셨네요. 계속 그러시면 건강에 좋지 않습니다."

진희가 말했다.

지은은 고개를 돌려 그녀를 외면했다. 건강이 조금 나빠지는 것 정도는 예상하고 있었다. 사실상 단식을 하고 있는데 건강에 좋을 리가 없었다.

"회장님께서 많이 걱정하세요."

진희의 말은 사실이었다. 딸이 며칠째 식사를 거부하고 있는데 마음이 편할 부모는 없었다. 다만 태식은 감정 표현에 서툴러서 쉽게 표현을 못 할 뿐이었다.

"전 괜찮으니까 신경 쓰지 말라고 전해주세요."

단식을 포기할 생각은 없었다. 지금 그녀가 뜻을 전달할 수 있는 유일한 방법이자 반항이었다.

"하지만……."

"저는 정말 괜찮아요."

진희와 대화를 나누던 그녀가 갑자기 희미한 미소를 입가에 머금었다. 흐려지는 의식 속에서 규현의 모습이 희미하게나마 보이는 것 같았다.

규현을 생각하며 그녀는 힘없이 눈을 감았다.

*   *   *

늦은 밤, 가로등 하나 없는 어두운 길을 걷는 발걸음이 익숙하다.

희미한 달빛에 얼굴이 드러났다. 그는 문학 왕국 편집기획부장 강형석이었다. 어둠 속을 향해 발걸음을 재촉하던 그는 얼마 지나지 않아서 익숙한 차량을 발견하고 빠른 걸음으로 다가갔다.

문을 열고 조수석에 탑승했다. 운전석에는 기태가 타고 있었다.

"부르셨습니까?"

형석은 마치 간신배처럼 웃었다.

기태로부터 현금을 받아먹으면서 돈의 맛을 알아버린 형석은 충실한 개가 되어 있었다. 꼬리가 달려 있었다면 미친 듯이 흔들고 있었을 것이다.

"강 부장이 해줘야 할 일이 있습니다."

"무엇이든 말씀만 하세요."

기태의 말에 형석은 입꼬리를 끌어 올렸다. 돈만 제대로 챙겨준다면 무엇이든 할 준비가 되어 있었다.

"최인한 본부장이 곧 거액의 투자를 할 예정이라고 문학 왕국과 북페이지에 거짓 정보를 흘리세요."

이미 문학 왕국과 북페이지는 인한에게서 많은 돈을 받아서 활용했다. 그래서 당장 돈을 주지 않더라도 돈을 준다고 말을 해둔다면 곧 받을 수 있을 것이라 생각하고 미리 자금을 동원할 게 분명했다.

인한은 지금 대기 발령 상태였고 자금도 움직일 수 없으니 미리 무리해서 자금을 움직인 문학 왕국과 북페이지는 파멸할 것이다.

'과연… 작가답게 머리가 잘 돌아가는군요.'

기태는 속으로 규현을 생각하며 감탄했다. 이 작전은 규현이 생각해 낸 것이었기 때문이었다.

"거짓 정보라면… 실제로는 투자는 없을 것이라는 말입니까?"

형석이 의심스러운 시선을 보내며 물었다. 그럴 수밖에 없는 것이 지금까지 인한은 아낌없이 지원을 해주었기 때문이었다. 갑자기 마음이 변했을 리 없을 것이라고 형석은 생각했다. 어쩌면 그가 곤란한 상황에 빠졌을지도 모른다는 생각이 들었다.

"혹시 최인한 본부장님께서 곤란한 상황에 처한 건가요?"

"곤란하다고 할 수 있겠네요. 대기 발령 상태니까."

"대기 발령이요?"

형석이 깜짝 놀라 묻자 기태는 고개를 끄덕이며 자세한 상황을 간단하게 설명했다. 규현이 개입되어 있다는 것을 제외한 모든 것을 말했다. 사정을 대충 들은 형석의 얼굴이 굳었다.

용돈을 받을 곳이 하나 줄었기 때문이었다.

"걱정하지 마세요. 제 말만 잘 들으면 더 넉넉하게 드릴 테니까."

형석의 생각을 읽은 것인지 기태는 미소를 지으며 말했다. 형석의 눈동자가 흔들렸다. 고민하는 기색이 역력했다.

방금 지시받은 게 지금까지 해왔던 일과는 달랐기 때문이었다.

기태가 시키는 대로 하면 문학 왕국이나 북페이지는 아주 치명적인 타격을 입게 된다. 회사에 대한 충성심이 있는 것은 아니지만 회사에 큰 타격을 주는 일에 앞장서는 건 죄책감을 들게 하는 데 충분했다.

"너무 걱정하지 마세요. 문학 왕국이 망한다면 당신이 이직할 곳은 마련해 주겠습니다. 그리고 10억 원을 지급해 드리죠."

기태의 말에 형석의 눈동자가 다시 한번 크게 흔들렸다. 그는 시선을 둘 곳을 좀처럼 찾지 못해 혼란스러워했다. 방황하던 시선은 이내 정면의 차창으로 향했다.

"정말로 그렇게 해주신다는 겁니까?"

"물론입니다."

"그렇다면 최선을 다하겠습니다."

형석의 대답에 기태의 입가에 미소가 번졌다.

어느 정도 예상했던 결과였다. 10억 원은 결코 작은 돈이 아니었고 회사가 망하더라도 이직을 보장해 준다는 건 형석의 입장에선 받아들일 수밖에 없는 매력적인 제안이었다.

*   *   *

9월이 되었고 많은 것이 변했다.

형석은 기태와의 약속대로 문학 왕국과 북페이지에 거짓 정보를 흘렸다. 이미 많은 자금을 끌어온 적이 있었던 형석의 말을 문학 왕국은 물론이고 북페이지도 의심하지 않았다.

얼마 지나지 않아서 대규모 투자가 있을 것이란 형석의 말에 문학 왕국과 북페이지는 경솔하게 움직이고 말았다. 형석이 몇 번 거대 자본을 융통한 적이 있어서 의심하지 못한 게 화근이었다.

대출까지 내면서 자금을 동원하고 사업을 확장하는 문학 왕국과 북페이지의 모습에 내부에서는 우려의 목소리도 분명 나왔으나, 규현을 무너뜨려야 한다는 생각이 확실하게 자리 잡은 두 회사를 말리는 것은 무리였다.

예상했던 자금 지원이 없자 문학 왕국과 북페이지는 치명적인 타격을 입었고 사건의 원흉인 형석은 기태의 조언을 듣고 잠시 모습을 감추었다.

문학 왕국과 북페이지의 재정은 급속도로 악화되었고 작가들의 정산금조차 제대로 챙겨주지 못하는 상황이 빈번하게 발생하기 시작했다. 그로 인해 계약 불이행을 걸고넘어지면서 계약 파기를 주장하는 작가들이 늘어났다.

점차 문학 왕국과 북페이지의 작가들 대부분이 그들을 떠났다. 그리고 가람, 파란책, 제이엔 미디어, 오성 북스 등의 출판사와 매니지먼트들에 흡수되었다.

규현과 뜻을 함께하던 출판사와 매니지먼트들은 작가들이 마구 유입되니 신이 나서 춤을 췄다.

문학 왕국과 북페이지가 흔들리면서 흩어지게 된 작가 중 상당수가 이미지 좋은 가람에 몰려들면서 규현은 행복한 비명을 지르게 되었다.

작가 스탯을 확인해서 가려 받았음에도 불구하고 그 수가 많아서 220명을 넘기게 되었다.

편집자 한 명이 감당해야 할 작가의 수가 너무 많아져서 규현은 김상태라는 이름의 신입 편집자를 새로 채용했다.

"문학 왕국과 북페이지는 사실상 제 기능을 하지 못하고 있는 것 같습니다."

규현은 대표실의 책상에 앉아 칠흑팔검의 보고를 듣고 있었다. 칠흑팔검은 문학 왕국과 북페이지의 현재 상황에 대해 보고했다.

"상황이 좋지 않은가 봅니다?"

"네. 현재 과도한 대출과 무리한 사업 확장 등으로 재정에 큰 구멍이 생겼고 작가들의 정산금마저 제대로 챙겨주지 못하는 상황이 찾아왔습니다. 당연히 작가들은 계약을 파기하고 흩어지기 시작했습니다."

칠흑팔검의 보고대로 문학 왕국과 북페이지의 상황은 상당히 좋지 않았다. 당장 망해도 이상하지 않을 정도였다.

작가들이 떠나가자 독자들도 떠나갔다. 독자들이 떠나가자 매출은 바닥을 치기 시작했고 재정 악화는 더욱 심화되었다.

"이 모든 게 다 자업자득이라고 생각합니다."

규현은 고개를 끄덕이며 의자 등받이에 몸을 기댔다. 보고를 끝낸 칠흑팔검은 대표실을 나섰고 규현은 차기작 작업에 몰두했다. 세계관 설정은 완벽하게 짜여졌다. 오랜 시간을 들인 만큼 세계적인 판타지 소설과 비교해도 손색이 없을 정도였다.

적당히 새로운 것을 추구하면서 기존의 익숙한 것을 멀리하지 않았다. 모두가 좋아할 만한 세계관 설정이었다.

이제 어떤 스토리를 써야 할 것인지가 문제였는데 그것도 슬슬 윤곽을 보이고 있었다.

"슬슬 써볼까."

혼잣말을 중얼거리며 노트북 키보드에 손을 올린 순간 스마트폰이 진동했다. 확인해 보니 읽지 않은 문자메시지가 있었다.

[북페이지 편집기획실장 정도윤입니다. 급히 만났으면 합니다. 부디 잠깐이라도 시간을 내주셨으면 좋겠습니다.]

규현의 입가에 미소가 번졌다. 도윤이 무슨 이유로 자신을 찾는 것인지 대충 알 수 있었다. 그는 즉시 도윤에게 전화를 걸었다.

─정규현 대표님, 정도윤 실장입니다. 빠른 연락 감사합니다.

규현이 전화를 걸기 무섭게 도윤은 즉시 전화를 받았다. 그리고 마치 촉새처럼 빠른 속도로 말했다.

"저와 이야기를 나누고 싶으면 오늘 10시에 가람 사무실로 찾아오세요. 사무실은 열려 있을 겁니다."

규현은 할 말을 끝내기 무섭게 전화를 끊었다. 지금 아쉬운 쪽은 도윤이었지 규현이 아니었다.

'10시까지 차분하게 글이나 써야겠군.'

규현은 간단하게 계획을 짰다. 시간은 금방 흘러 10시가 되었다. 가장 성실하다고 평가받으며 늦게 퇴근하는 칠흑팔검조차 퇴근하고 사무실에 홀로 남은 규현은 커피를 한 모금 마시면서 차기작 작업에 집중했다.

제목은 '악마 계약자의 제국'으로 정해졌고 간단한 스토리 구상도 끝났다.

"벌써 왔나?"

대표실에 앉아서 프롤로그를 쓰고 있던 규현은 밖에서 문이 열리는 소리를 듣고 대표실을 나왔다. 사무실 문이 열리고 도윤이 조심스럽게 안으로 들어오고 있었다.

"아… 정규현 대표님."

"일단 안으로 들어오세요."

규현은 그렇게 말하며 대표실의 문을 활짝 열고 안으로 들어갔다. 대표실 안으로 들어온 도윤은 어색하게 서 있다가 규현이 먼저 앉자 뒤이어 소파에 앉았다.

"오늘 저를 찾아온 이유는 대충 알 것 같습니다만, 확실히 하기 위해 질문하도록 하죠. 저를 찾아온 이유가 무엇입니까?"

규현의 질문에 도윤의 눈동자가 살짝 흔들렸다.

"실은 도움을 요청하기 위해 찾아왔습니다."

도윤의 말에 규현은 눈살을 찌푸렸다. 그의 예상이 틀렸기 때문이었다. 기껏해야 작가들 빼돌리는 것을 중단해 달라고 요청할 줄 알았는데… 설마 도움을 요청할 줄은 몰랐다.

"황당하게 들릴 수도 있겠지만 저흰 문학 왕국에서 하라는 대로 했을 뿐입니다. 저흰 결코 가람에게 해를 끼칠 생각이 없었습니다."

"살짝 어이가 없군요."

도윤의 말에 규현은 어이가 없었다. 그는 차가운 표정으로 도윤을 보며 입을 열었다.

"당신네들은 문학 왕국이 사람을 죽이라고 하면 죽일 겁니까?"

도윤은 쉽게 대답하지 못했다. 방금 전의 부탁이 얼마나 어이가 없는 것인지 다시 한번 깨달은 것이다.

규현은 의자 등받이에 몸을 기댔다. 그의 시선은 도윤에게 고정되어 있었다.

"확실하게 말해두겠습니다. 도움은 없습니다. 애초에 당신들이 자초한 일이니 침몰을 받아들이세요."

기태와 대화를 끝낸 인재는 저택으로 돌아갔다. 그는 기태와 만난 사실을 다른 사람들에게 알리고 싶지 않았기 때문에 운전기사를 데려오지 않았다. 그래서 인재가 직접 운전해야만 했다.

저택의 차고에 차를 주차한 그는 서둘러 발걸음을 옮겼다.

오늘 기태와 나눈 이야기를 태산그룹 회장 최상한에게 말한다면 많은 것이 바뀔 것이다. 그것을 잘 알고 있기 때문에 현관으로 향하는 그의 발걸음은 가벼우면서도 조금은 무겁게 느껴졌다.

"오늘 회사에서 일찍 퇴근한 것치고는 늦게 들어왔네?"

방에서 옷을 갈아입고 거실로 나온 인재를 보며 인한이 물었다. 그는 원래 오피스텔에서 지내고 있었지만 가끔 이렇게 집에 찾아와 며칠씩 지낼 때가 있었다.

"개인적인 볼일이 있어서."

인재는 대충 둘러대며 속으로 미친 듯이 웃었다. 상한에게서 인한이 깨지는 모습을 실시간으로 지켜볼 수 있을 것이라 생각하니 너무 기뻐서 미칠 지경이었다.

"그래? 그럼 그럴 수도 있지. 그런데 그 서류 봉투는 뭐야?"

"아무것도 아냐."

"그렇군."

인한은 대수롭지 않게 생각하며 넓은 거실의 구석에 있는 의자에 앉아 스마트폰을 꺼냈다.

"아버지는 서재에 계시나요?"

거실에 벽 쪽에 서 있는 비서를 보며 인재가 물었다.

"네, 실장님. 회장님께선 서재에 계십니다."

"고마워요."

인재는 곧장 서재로 향했다. 거실이 꽤 넓었기 때문에 같은 1층이었지만 서재까지 좀 걸어야만 했다.

똑똑.

가볍게 노크를 하자 문 안에서 대답이 들리는 대신 문이 천천히 열렸다. 문을 연 사람은 비서였고 태산그룹 회장인 상한은 책상 쪽에 앉아서 보고서로 보이는 서류를 보고 있었다.

서류를 집중해서 검토하던 상한은 잠시 고개를 들어 들어온 사람이 인재라는 것을 확인하고 입을 열었다.

"무슨 일이냐."

인재는 한 걸음 앞으로 다가섰다. 문 쪽에 서 있는 비서는 소리가 나지 않게 조심스럽게 문을 닫았다.

"익명의 제보를 받았습니다."

인재는 실로 유감스러운 표정으로 말을 시작했다. 심상치 않은 분위기를 감지한 상한은 서류를 검토하는 것을 그만두고 인재를 향해 시선을 옮겼다.

"어떤 종류의 제보지?"

"형에 대한 내용입니다."

"네 형에 대한 내용?"

"그렇습니다."

인재는 고개를 끄덕이며 책상과의 거리를 좁혔다. 그리고 들고 있던 서류 봉투를 상한에게 건넸다.

"여기에 모든 정보가 정리되어 있습니다. 제가 한번 검토를 끝냈습니다. 재차 확인이 필요하지만 아마도 사실인 것으로 보입니다."

"정 비서, 한 비서, 일단 나가 있게."

인재로부터 서류 봉투를 받아 든 그는 본능적으로 봉투 안의 서류가 엄청난 파장을 불러일으킬 것을 알아채고 서재에서 남은 업무를 보조하고 있던 2명의 비서를 내보냈다.

"이제 한번 읽어보시죠."

비서 두 명이 모두 나가고 인재가 재촉하자 상한은 서류를 꺼내 읽기 시작했다. 그리고 서류를 읽어 갈수록 상한의 표정은 심각해졌다.

눈동자는 지진이라도 난 것처럼 흔들렸고 서류를 들고 있는 손도 수전증에 걸린 것처럼 떨리고 있었다. 서류에는 인한이 개인적인 일로 회사를 움직이고 주식을 매각한 증거가 기록되어 있었다.

"너는 이것을 확인해 본 것이냐."

상한은 코끝까지 흘러 내려온 안경을 위로 올렸다. 그리고 인재를 보며 떨리는 목소리로 물었다.

"네, 아버지. 저는 확인을 끝냈지만 아버지께서 따로 비서실을 통해 확인해 보시는 게 좋을 것 같습니다."

인재가 대답했다. 표정은 물론이고 목소리도 차분했지만 속으로는 이제 곧 몰락할 인한을 생각하며 미친 듯이 비웃고 있었다.

"만약을 위해 확인은 해봐야겠지만 사실상 확인할 필요도 없이 모든 정황과 수치가 일치하는군."

확인을 할 필요는 있었지만 굳이 그럴 필요가 없을 정도로
서류 안의 내용은 정확했고 모든 게 맞아떨어지고 있었다.

주식에 대한 내용은 증거가 다소 부족했지만 확인해 보면
되는 일이었다.

"정 비서, 잠깐만 들어와!"

"네."

상한은 비서를 호출했다. 대답과 함께 문이 열리더니 정 비
서가 걸어 들어왔다.

"부르셨습니까?"

"지금 당장 최인한 본부장을 불러와. 어디에 있지?"

"아마도 거실에 있을 것 같습니다. 지금 즉시 불러오겠습니
다."

"그래, 빨리."

그는 상당히 화가 많이 난 듯 비서를 재촉했다.

정 비서는 서둘러 서재를 나섰다. 이윽고 문이 열리고 인한
이 들어왔다. 그는 비교적 밝은 표정으로 들어왔다가 서재 안
의 심각한 분위기에 압도되어 마른침을 삼켰다.

"너… 사적인 일을 위해 회사를 움직이고 주식을 함부로 팔
았다는 게 사실이냐?"

"그, 그걸 어떻게……."

인한의 너무나도 솔직한 반응에 인재는 속으로 그를 비웃었다.

인재였다면 일단 부정부터 하고 차분하게 변명을 찾았을 것이지만 그의 형, 인한은 단순하여 미처 너무나 솔직한 반응으로 모든 것을 시인해 버리고 말았다.

"이런 못난 놈!"

상한은 너무 화가 난 나머지 재떨이를 집어 들었다. 인한이 서둘러 팔을 들어 올려 얼굴을 막았다.

재떨이를 집어 들긴 했지만 차마 던지진 못했다. 그는 신경질적으로 바닥에 재떨이를 던졌다.

둔탁한 소음과 함께 재떨이가 바닥을 굴렀고 담뱃재와 꽁초가 흩어졌다.

"아버지! 다 사정이 있었습니다. 지금은 자세히 설명하지 못하지만… 제가 다 원래대로 복구하겠습니다."

"그 잘난 사정이라는 것은 이미 이 서류에 다 적혀 있어서 알고 있다!"

인한은 변명했지만 상한의 화를 더욱 돋우는 것밖에 되지 않았다. 인한이 어째서 회사를 움직이고 주식을 팔았는지 전부 서류에 나와 있었기 때문이었다.

"그렇게도 여자가 좋더냐? 대한그룹과 좋은 관계를 유지할 수 있다는 장점이 있지만 그렇다고 해서 이렇게 미친 짓을 해야겠어? 경쟁 파벌에 이 정보가 넘어갔다면 어쩔 생각이냐!"

상한의 말에 인한은 고개를 숙였다.

"죄송합니다."

"아버지, 말씀 중에 죄송하지만 중요한 것을 말씀드리는 것을 깜빡했습니다."

상한의 앞에서 꼼짝을 못 하는 인한을 속으로 비웃으며 인재가 조심스럽게 끼어들었다. 상한의 시선이 인재에게 향했다.

"그래. 말해보아라."

"그러지 않아도 이 정보를 받고 검토를 했을 때 경쟁 파벌에 대한 생각이 들었습니다. 그래서 저는 조사했습니다."

인재는 잠시 말을 멈추었다. 상한과 인한은 그에게 집중했다. 그의 다음 말이 어떤 것이냐에 따라 많은 것이 변하기 때문이었다.

잠시 말을 멈추었던 인재는 다시 말을 이어가기 위해 천천히 입을 열었다.

"조사 결과, 이미 경쟁 파벌 쪽에 모든 정보가 흘러 들어갔다는 것을 확인할 수 있었습니다. 이미 그들은 움직이고 있습니다."

이미 모든 정보는 익명으로 경쟁 파벌에 보낸 뒤였다.

모든 기업이 그렇듯 태산그룹에도 경영권 분쟁이 다소 있었다. 대부분 경영권 분쟁은 형제나 친척들 사이에서 벌어지는 경우가 많은데 태산그룹의 경우 회장인 최상한의 동생 최상영 부회장이 세력을 만들어 경영권을 노리고 있었다.

상영은 상한이나 인한이 실수를 범하길 기다리고 있었기 때문에 이번 일을 계기로 두 사람에게 치명적인 피해를 입히기 위해 노력할 것이다.

인한에겐 정말 좋지 않은 상황이었다.

"남은 주식으로는 후계자 자리를 지키기 힘들 거다. 혹여나 부회장이 주식을 추가로 매입했다면 정말로 큰일인 것이고……."

"그건 걱정하지 않으셔도 될 것 같습니다. 정보를 확인하자마자 제가 한 일은 주식을 매입하는 일이었으니까요. 물론 전부 확보하진 못했습니다."

인재는 기태의 지원을 받아서 인한이 매각한 주식을 대부분 확보했다. 일부는 기태가 비밀리에 구입했기 때문에 모두 확보할 수는 없었다.

"그래?"

상한의 표정이 조금 밝아졌다. 인재가 주식을 확보했다면 최악의 상황은 면할 수 있을 것 같았다. 다만, 이 경우 인한은 유력 후계자 자리에서 상당히 멀어지게 되지만 상한은 크게 신경 쓰지 않았다.

비록 차남이긴 하지만 인재 또한 자신의 아들이었기 때문이었다.

"인재야."

"네, 아버지."

"내일부터 태산전자 마케팅 본부로 출근해라. 이제 네가 본
부장이다."

태산전자는 태산그룹에서 가장 중요한 곳이었다. 인재가 출
근하는 태산자동차도 제법 중요한 곳이었지만 태산전자만큼
은 아니었다.

"그렇다면 형은 어떻게 되는 겁니까?"

인재는 걱정스러운 시선을 인한에게 보내며 말했지만 속으
로는 뱀과 같은 간사한 표정으로 웃고 있었다.

인재의 물음에 상한은 인한을 힐끔 보았다.

"어쩔 수 없다. 당분간 대기 발령이야. 근신하고 있어라."

"아, 아버지……"

인한이 울먹였고 상한도 마음이 편하지 않았지만 어쩔 수
없었다. 사적으로 회사를 움직인 그를 가만히 놔둔다면 여러
가지 문제가 발생할 수 있었다. 특히 상영과 그의 세력이 빌미
로 삼을 수 있었다.

'모든 게 계획대로 되었다.'

심각한 분위기에도 불구하고 인재는 속으로 웃고 있었다.
그가 계획한 대로 흘러갔기 때문에 기뻐할 수밖에 없었다.

*   *   *

늦은 밤, 규현은 쪽지에 적혀 있는 장소로 차를 몰았다.

한강의 어느 다리 밑 한적한 공터였다. 가로등조차 없었고 차량의 라이트를 끄자 깊은 어둠이 주변을 잠식했다.

"조금 으스스하군."

어두운 주변을 둘러보며 규현은 중얼거렸다. 멀지 않은 곳에 있는 도로에선 불빛들이 빠르게 지나가고 있었다.

기사 이야기를 원작으로 한 스마트폰 게임 나이츠를 한창 즐기고 있을 때 조수석의 문이 열리고 정장을 입은 남자가 탑승했다.

정장에 어울리지 않는 모자를 깊게 눌러 쓰고 있었지만 그가 기태라는 것을 규현은 어렵지 않게 알 수 있었다.

규현은 시간을 확인했다.

"마치 잠입 게임하는 기분이군요."

기태는 모자를 벗으며 말했다.

"갑자기 이렇게 조심하는 이유라도 있으십니까?"

규현이 물었다.

얼마 전에 기태가 먼저 연락을 해서 약속을 잡았는데 평소와는 다르게 규현의 차를 이용해 접촉하는 등 세심한 주의를 기울이고 있었다.

"슬슬 계획이 종지부를 향해 치닫고 있거든요. 이럴 때일수록 더 조심할 필요가 있습니다."

"종지부로 향하고 있다는 말씀은……?"

"최인한이 대기 발령 상태가 되었습니다."

기태의 그 말에는 많은 의미가 담겨 있었다. 그리고 규현은 그 의미를 알 수 있었다.

최인한이 대기 발령 상태가 되었다는 것은 지금까지 그가 했던 경솔한 행동이 알려졌다는 것을 의미했다. 아마도 그는 당분간 재기가 불가능할 것이 분명했다.

"생각보다 빨리 일이 처리되어서 다행이네요. 문학 왕국과 북페이지가 최인한을 등에 업고 미쳐 날뛰고 있어서 버티기 힘들었습니다."

5억 원 무료 이용권 증정 이벤트는 규현에게 있어서 큰 시련이었다.

"이번만 버티시면 문학 왕국과 북페이지도 무너질 겁니다. 조금만 더 버티시지요."

이미 문학 왕국과 북페이지로 이동한 돈은 회수할 수 없었지만 더 이상의 지원은 없을 것이다. 그러니 이번만 넘기면 조금 숨통이 트일 것이라고 기태는 조언했다.

"필요하다면 제가 지원을 조금 해드릴 수도 있습니다."

"그건 지은이의 아버님과의 일을 해결하는 데 써주셨으면 좋겠군요."

'종합 등급이 B급에… 국내 흥행이 C급, 해외 흥행이 E급이면 괜찮은 스탯이네.'

악마 계약자의 제국 프롤로그가 완성되었다. 스탯을 확인해 보니 첫 주자치고는 스탯이 상당히 괜찮았기 때문에 그는 완전히 갈아엎는 대신 약간의 수정만 거쳐도 될 것 같다고 생각했다.

B급이면 첫 시도치고는 종합 등급이 높은 편이었다. 게다가 해외 흥행 스탯도 붙어 있었다.

종합 등급이 높고 해외 흥행 스탯도 붙어 있다는 것은 규현이 구상한 스토리 진행과 세계관 설정 등이 독자들에게 먹힌다는 것을 의미했다.

완전히 갈아엎는 것을 피하고 지금의 것을 기본으로 잡아서 수정을 거친다면 더 훌륭한 작품을 만들 수 있을 것이다.

악마 계약자의 제국은 흑마법사가 목숨을 잃고 악마에게 영혼을 팔아 제국의 황자로 다시 태어나는 것으로 프롤로그가 시작된다. 현재 규현의 필력은 괜찮은 수준이었고 심혈을 기울인 만큼 세계관 설정도 상당히 매력적이었으나 생각했던 것보다 등급이 낮은 걸 보니 프롤로그 스토리 진행과 연출에 문제가 있는 것 같았다.

"역시 황자로 다시 태어나는 게 문제인가?"

규현은 검지로 책상을 가볍게 두드리며 혼잣말을 중얼거렸다.

제국의 황자로 다시 태어나서 복수를 진행할 때까지 최소 15년 이상의 시간이 흐르는 것을 피할 수가 없다. 아마도 독자들은 이를 부정적으로 받아들일 것 같았고 스탯 하락의 주요 요인으로 보였다.

'그렇다면 이렇게 수정을 하면……?'

규현은 서둘러 세계관 설정이 담겨 있는 문서 파일을 열어서 초반 설정과 스토리 진행을 수정했다.

환생해서 아기부터 시작하는 게 아니라 과거로 회귀하여 이미 성인이 되어 있는 황자의 몸을 빼앗는 것으로 수정되었다.

이것으로 독자들이 싫어할 만한 15년이라는 시간의 흐름은 사라졌다. 또한 회귀로 인해 미래의 일을 알고 있다는 장점과 황자의 몸을 빼앗아 권력을 얻게 되었다는 장점이 합쳐지면서 시너지 효과를 일으킬 것이다.

미래의 일을 알고 있으니 황태자와의 정치전에서 주인공은 유리한 고지를 차지하게 될 것이다.

물론 메인 스토리 진행은 복수가 전부가 아니었다. 규현이 만든 이 세계관에선 영혼이 감정과 동일시되어 있는데, 영혼을 악마에게 판 주인공은 감정이 없다.

그래서 그 감정을 찾는 과정에도 적당히 비중을 둘 생각이었다.

국내 독자들이 그렇게 좋아할 만한 전개는 아니지만 해외 독자들에겐 매력으로 다가갈 법한 전개였기 때문에 적당히 비중을 조절한다면 두 마리 토끼를 다 잡을 수 있을 것이다.

'수정하자.'

세계관 설정을 수정하고 생각을 정리한 규현은 즉시 프롤로그를 보류 폴더에 넣어두고 새로운 프롤로그를 쓰기 시작했다.

스토리를 조금 수정하긴 했지만 큰 차이는 없었기 때문에 어렵지 않게 쓸 수 있었다.

이날을 시작으로 며칠 동안 규현은 창작에 몰두했고 종합 등급 A급의 작품을 만들어낼 수 있었다. 하지만 시험 삼아 분량을 늘려 보자 종합 등급이 떨어지는 현상이 벌어졌다.

연재를 하면서 종합 등급이 떨어지는 경우는 여러 가지 이유가 있었지만 대표적으로 소재가 불안정하거나 필력의 하락으로 인한 경우가 있었고 스토리 진행이 초반부에 비해 과하게 흔들릴 때에도 종합 등급이 하락하는 모습을 보였다.

'확실히 안정적으로 스토리 진행을 하기엔 다소 까다로운

소재이긴 하지.'

단순한 복수 외에도 감정을 찾아가는 복잡한 이야기를 다루고 있었기 때문에 국내 독자들이 좋아하는 단순한 전개를 펼치기엔 무리가 있었다.

"일단 이것을 고치고……."

규현은 혼잣말을 중얼거리며 수정에 임했다. 여러 가지를 고쳤지만 결코 메인 스토리와 세계관 설정은 건들지 않았다.

현재의 메인 스토리와 세계관 설정이 최선이라는 것을 첫 번째 스탯을 확인하면서 깨달았기 때문이었다. 문제가 된 것은 아무래도 전개 방식인 것 같았다.

'반 권 분량을 써서 확인해야겠어.'

전개 방식에 문제가 있을 경우 규현의 경험상 초반 스탯을 확인할 때 잘 드러나지 않는 경우가 많았다. 그래서 확실히 하기 위해선 반 권 분량을 확보해서 스탯을 확인할 필요가 있었다.

"벌써 시간이 이렇게 되었네."

글 쓰는 것에 집중하고 있던 규현은 시간을 확인하고는 기태와의 약속이 있다는 것을 뒤늦게 깨닫고 서둘러 퇴근했다.

약속 장소는 기태가 자주 이용하는 바였다.

조용한 분위기의 바에 들어서자 얼마 지나지 않아서 기태를 찾을 수 있었다. 그는 비교적 구석진 자리에서 술잔을 기울이고 있었다.

"오늘은 모자를 안 썼네요?"

기태의 앞에 앉으며 규현은 가벼운 목소리로 말했다. 기태는 입가에 미소를 그린 채 고개를 저었다.

"이런 곳에서 그런 모자를 쓰고 있으면 오히려 눈에 띈다는 것 정도는 아주 잘 알고 있습니다."

"아무래도 그렇겠죠. 오늘은 지은이 문제로 부른 것 같은데… 제 생각이 맞으려나요?"

규현은 고개를 끄덕이며 물었다.

문학 왕국과 북페이지가 아직 간신히 버티고 있긴 하지만 기태와 인한의 문제는 해결되었고 인재가 성공적으로 후계자 자리를 굳히고 있었다. 이제 규현이 그와 할 이야기는 지은과 관련된 것뿐이었다.

"역시 눈치가 빠르시네요. 꽤 긴 이야기가 될 것 같으니… 우선 한 잔 하시죠."

기태의 말에 규현은 그와 같은 것을 주문했다. 테이블 위의 술잔을 들어 올려 부드럽게 흔들며 규현은 기태에게 시선을 고정했다.

두 사람은 한동안 말없이 술잔을 기울였다.

술을 꽤 많이 마셨지만 기태가 아무런 말이 없자 규현이 먼저 입을 열었다. 더 이상 기다릴 수 없었다.

"알코올도 꽤 많이 들어갔고 슬슬 말씀하셔도 될 것 같습니다. 이제 말씀해 보시죠."

규현의 물음에 기태는 입가로 가져가려던 술잔을 테이블에 다시 올려놓았다.

"이지은 씨는 대한그룹의 차녀입니다. 그건 알고 계시죠?"

기태의 말에 규현은 대답 대신 고개를 끄덕였다. 그녀가 대한그룹의 차녀라는 사실은 원래 모르고 있었지만 사교클럽에서 마주치고 전후 사정을 듣게 되면서 알게 되었다.

"대한그룹에는 아들이 없습니다. 그것도 알고 계십니까?"

"아니요. 그건 몰랐습니다."

규현은 고개를 저었다. 지은이 대한그룹의 차녀라는 것은 알게 되었지만 가족 관계가 어떻게 되는지는 몰랐다.

그녀는 자신에 대한 많은 것을 숨기고 있었다. 대한그룹 차녀라는 것을 밝힐 때도 자세한 사정은 밝히지 않았다.

지은과 규현이 알고 지낸 세월은 결코 짧지 않았지만 그녀에 대해 알고 있는 것은 생각보다 많이 없었다.

그녀 개인에 대한 정보는 그나마 어느 정도 알고 있었지만 주변 정보에 대해서는 무지했다.

"대한그룹 이태식 회장의 밑으로 3명의 딸이 있습니다. 아들은 없지요. 그래서 지혜 씨나 지은 씨, 그리고 지영 씨와 결혼을 하게 되면 싫어도 대한그룹 후계 경쟁에 참여하게 됩니다."

태식의 밑에 아들이 없으니 그의 딸과 결혼하는 남자는 직접적 또는 간접적으로 후계 경쟁에 개입하는 것을 피할 수 없었다.

"기업을 물려받게 되는 사람이 누가 되지 모르겠지만, 확실한 것은 대한그룹 세 자매의 배우자들은 후계 경쟁에 참여하게 된다는 것입니다. 그래서 장차 회사를 물려받게 될지도 모르니 딸들의 배우자 선별에 공을 들일 수밖에 없지요."

대한그룹 이태식 회장의 딸과 깊은 관계를 맺는다는 것은 많은 것을 의미했다. 깊은 관계를 맺는다는 것은 결혼으로도 발전할 수 있다는 것을 의미했고 그럴 경우, 경영에 참여할 확률이 높다.

"일종의 관리라는 말씀이군요."

규현의 말에 기태는 고개를 끄덕이며 입을 열었다.

"그렇습니다. 대한그룹의 경영 참여라는 달콤한 꿀의 향기에 취해 저급한 날파리들이 달려들 수도 있으니까요. 이태식 회장은 그것을 경계하고 관리하려는 겁니다. 괜히 아직까지 상류층에 정략혼이 남아 있는 게 아닙니다."

집안에서 결혼할 상대를 찾아 짝지어주는 관행은 사라진 게 아니었다. 아직까지도 상류층에서는 빈번하게 일어나고 있었다.

"말씀하시는 것을 들어보니 저도 날파리로 분류된 것 같습니다?"

"네. 이태식 회장의 눈에는 당신도 날파리에 불과합니다."

기태의 말에 규현은 눈살을 찌푸렸다. 직접 날파리라는 소리를 들으니 아무래도 기분이 좋지는 않았다. 그는 장르 소설계에서만큼은 나름 위치가 높았기 때문이었다.

"저는 나름 이 세계에서 높은 위치에 올랐다고 생각했는데 말이죠."

규현은 한탄하듯 중얼거리며 술을 한 모금 마셨다.

"어쩔 수 없습니다. 이태식 회장은 장르 문학 자체를 별로 좋지 않게 보고 있어요. 그곳에서 인정을 받기 위해서는 최고가 되어야 합니다. 묻겠습니다만, 당신은 장르 문학계의 최고입니까?"

"아뇨. 아직 최고라고 하기엔 부족하죠."

기태의 질문에 규현은 잠깐 고민한 끝에 결론을 내리고 대답했다. 그가 장르 문학계에서 꽤 높은 위치에 올라온 것은 사실이었지만 엄밀히 말하면 아직 최고라고 칭할 수는 없었다. 하지만 최고에 가장 가까운 작가 중 한 명이라는 것은 확실했다.

"만약 장르 문학계의 명성을 걸고 이태식 회장과 대화를 하기를 원한다면 최고가 되어야 합니다."

기태의 말에 규현은 눈살을 찌푸렸다. 멀진 않았지만 최고가 되는 것은 결코 쉬운 일이 아니었다.

"어려운 일을 너무나 쉽게 이야기하시네요."

"원래 말하는 건 쉬운 법이죠. 하여튼 이태식 회장은 장르 문학을 상당히 좋지 않게 보고 있습니다. 적어도 대화를 시도하려면 최고가 되어야 할 겁니다."

"그렇군요."

규현은 검지로 테이블을 가볍게 두드리며 생각을 정리했다. 그런 그를 보며 기태가 다시 입을 열었다.

"다른 방법도 있습니다만… 들어보시겠습니까?"

"말해보세요."

"경영에 참여하는 것입니다. 작가 일은 접고 주주가 되시지요."

"하지만 저는 주식이 없습니다."

규현은 고개를 저었다. 말이 안 되는 제안이라고 생각했지만 기태의 생각은 다른 것 같았다.

"제게 계획이 있습니다. 최인한을 자극해서 주식을 더 토해 내게 할 계획이죠. 성공한다면 당신이 최인한의 주식을 살 수 있도록 배려해 주겠습니다."

"아뇨. 괜찮습니다."

규현은 단호하게 거절했다. 이 거대한 음모의 파도에 발을 담그면 안 될 것 같았다.

"그러면 최고가 되어야 합니다. 괜찮겠습니까?"

"저는 작가입니다. 최고가 되어야 한다면 당연히 작가로서 최고가 되겠습니다."

최고가 된다면 작가로서 최고가 되겠다. 규현이 내린 결론이었다.

"태산그룹의 대주주가 된다면 최고가 될 필요도 없이 그냥 이태식 회장을 만날 수 있습니다."

기태의 제안에 규현은 잠깐 흔들렸지만 고개를 젓는 것으로 유혹을 떨쳐냈다.

기태의 지금까지 행동으로 볼 때 분명 정상적인 방법으로 인한에게서 주식을 얻어내진 않을 것이다. 가능하면 그런 방식으로 그와 엮이는 것을 이제는 최대한 자제하고 싶었다.

"괜찮습니다. 작가로서 최고의 자리에 오르면 된다고 생각합니다."

"저도 자세한 건 모르지만 1세대 작가들이 있다고 들었습니다. 그들을 뛰어넘는다는 겁니까? 그들은 전설이라고 들었습니다만… 쉽지는 않을 텐데요."

기태의 말에 규현의 입가에 미소가 번졌다.

분명 1세대 작가들은 존재한다. 하지만……

"이미 저는 그들을 뛰어넘었습니다."

이미 1세대 작가들은 뛰어넘었다. 이제 그 누구도 넘보지 못했던 최고의 자리에 도전하는 것만 남았다.

*　　　　　*　　　　　*

기태와의 만남이 작가로서의 성공에 다시 한번 동기 부여
가 된 규현은 차기작을 쓰는 것에 더욱 박차를 가했으나 말처
럼 쉽지가 않았다.

[악마 계약자의 제국]
분류 : 판타지.
종합 등급 : A.
예상 흥행 : 국내 D / 해외 C.

반 권 분량을 쓰는 것은 쉬웠지만 종합 등급과 국내 예상
흥행이 생각보다 낮았다.

해외 흥행은 괜찮은 수준이었지만 국내 예상 흥행이 이렇
게 낮은 상태에서 국내에 출간을 하게 된다면 결과는 좋지 않
을 것이고 해외 흥행에도 영향을 주게 될 것이다.

최고의 자리에 오르기 위해서는 반드시 지금까지와 차원이
다른 수준으로 해외 출간을 성공시킬 필요가 있었다. 그런데
국내와 해외 독자들이 서로 선호하는 게 여러 가지로 다르기

때문에 그들을 동시에 만족시킬 수 있는 글을 쓰는 것은 상당히 힘들었다.

"김병규 작가님을 만나야겠어."

규현은 고심 끝에 1세대 작가 중에 유일하게 가람과 계약 관계를 유지하고 있는 병규와의 만남을 결정했다.

1세대 작가들은 국내에서 얼마 되지 않는 해외 출간을 경험했고, 대부분 해외 출간에서 괜찮은 성적을 냈다.

병규도 그들과 마찬가지로 규현의 도움을 받기 이전에도 해외 출간 경험이 있었다.

결심이 서기 무섭게 규현은 병규에게 전화를 걸어서 약속을 잡았다. 다행히 그는 리턴 테라포밍을 완결하고 차기작을 준비하면서 비교적 여유로운 시간을 보내고 있었기 때문에 어렵지 않게 약속을 잡을 수 있었다.

약속 당일이 되었고 규현은 이른 아침 부산으로 향하는 버스에 올랐다. 그는 장거리 운전에 익숙하지 않고 여행에는 주로 버스를 선호하는 타입이었다.

"대표님!"

버스에서 내린 규현은 멀지 않은 곳에서 자신을 부르는 익숙한 목소리를 들을 수 있었다.

차를 가지고 오지 않아서 여러 모로 부산에서 이동하기 불편한 규현을 배려해서 버스 터미널까지 마중 나온 것이다.

"작가님!"

규현은 반가운 마음에 큰 소리로 그를 부르며 발걸음을 재촉했다. 두 사람은 서로 거리를 좁혔고 마침내 마주 섰을 때 손을 내밀어 악수를 하는 것으로 반가움을 표현했다.

"제 차로 이동하시죠."

"부탁드리겠습니다."

병규는 자신의 차로 이동할 것을 제안했고 규현은 고개를 끄덕였다. 사실 병규의 차를 이용한다는 선택지밖에 없었다.

규현은 병규와 함께 근처에 주차되어 있는 그의 차가 있는 곳으로 이동했다.

버스 터미널 근처는 혼잡했기 때문에 빈 공간을 찾아 주차하지 못했는지 조금 걸어야 했다.

"저기입니다."

조금 걷다 보니 병규가 어딘가를 검지로 가리켰다. 그곳에는 외제차 한 대가 주차되어 있었다.

"제 차입니다. 타시죠."

잠금 장치가 해제된 차량의 조수석에 규현이 탑승하자 운전석에 앉은 병규는 주변을 점검한 뒤, 자신의 집으로 차를 몰았다. 그의 집은 버스 터미널에서 멀지 않은 곳에 위치해 있었기 때문에 금방 도착할 수 있었다.

차를 주차하고 함께 집 안으로 들어갔다.

"커피 괜찮으시죠?"

"네. 커피로 부탁합니다."

짧은 대화가 끝나고 얼마 지나지 않아서 병규가 차가운 커피 두 캔을 가져와 탁자 위에 올려놓았다.

"전화로 간단하게 들었습니다. 의논할 게 있다고 하셨죠?"

캔 커피를 따고 입가로 가져가며 병규가 먼저 입을 열었다. 규현은 부산에 오기 며칠 전 그에게 전화를 걸어 약속을 잡으면서 간단한 사정을 설명했었다.

"네. 아무래도 해외 출간과 관련해서 조언이 필요해서 말입니다."

규현의 말에 병규는 입가에 희미한 미소를 머금었다.

"조언은 제가 더 필요하지 않겠습니까? 해외 출간 경험은 대표님이 더 많으신 걸로 알고 있습니다만."

"분명 제가 더 경험이 많긴 하지만 아무래도 작가님의 경험이 더욱 도움이 되지요. 저와는 다른 상황이었으니까요."

규현은 자세한 설명을 제외하고 돌려서 말했다. 그의 작품들의 해외 흥행 스탯이 국내 흥행 스탯보다 높은 게 이유였지만 그에게 사실대로 말할 수는 없었다.

"그렇군요. 확실히 상황이 조금 다르긴 하죠."

다행히 병규는 쉽게 납득했다. 실제로 상황이 조금 다르기도 했기 때문이었다.

"여하튼, 거두절미하고 본론부터 말씀드리자면… 해외에서 큰 성공을 거둘 작품을 쓰고 싶습니다. 그런데 해외 독자층을 노리고 글을 쓰면 국내 독자들을 포기하는 듯한 글이 만들어지고 있어요."

규현은 잠시 말을 멈추고 커피를 한 모금 마셨다. 그리고 다시 말을 이어가기 위해 입을 열었다.

"저는 지금까지 국내의 성공을 기반으로 해외에 출간을 했습니다. 그래서 국내, 그리고 국내와 시장이 비슷한 일본까지는 큰 성공이었지만 영미와 유럽에서의 성적은 그렇게 좋다고만은 할 수 없었습니다."

지금까지 규현은 글을 쓸 때 국내 독자층에 비중을 더 많이 두었다. 그래서 국내와는 여러 가지로 상황이 다른 영미와 유럽 쪽에서는 그렇게 성적이 좋지 않았다. 하지만 최고가 되기 위해서는 영미와 유럽에서 성공해야만 했다. 그래야 그가 원하는 명성을 얻을 수 있었다.

"해외 독자들을 노리고 글을 쓰니 국내 독자들을 포기하는 상황이 온다, 이거군요."

"그렇습니다."

병규의 정리에 규현은 고개를 끄덕이며 긍정했다.

국내 독자들의 성향과는 완전히 다른 해외 독자들을 노리고 쓰기 시작하니 국내 독자들이 싫어하는 타입의 글이 계속 만들어지고 있었다. 그래서 고민이었다.

"국내에서 꼭 성공할 필요가 있습니까?"

"국내에서 성공해야 해외에 출간할 수 있지 않을까요?"

병규의 물음에 규현이 대답했다.

"꼭 국내에서 먼저 출간하지 않더라도 대표님의 인맥이라면 해외 출간이 먼저 가능하지 않습니까? 리턴 테라포밍도 그랬고…… 해외에서 먼저 성공해서 국내에 들여오면 필연적으로 국내 독자들도 사게 되어 있습니다. 혹여, 국내에서 망하더라도 해외에서 크게 성공을 거두면 명성은 충분히 확보됩니다."

병규의 말에 규현은 뒤통수를 망치로 한 대 얻어맞은 것 같은 기분이 들었다. 병규의 말이 옳았다. 굳이 국내에서 출간을 먼저 할 필요가 없었다. 그리고 베스트셀러라면 무조건 사고 보는 국내 독자들의 특성상 해외에서 먼저 성공해서 출간된다면 일단 사서 볼 확률이 높았다.

국내 독자들은 베스트셀러라면 무조건 사서 보고 관대해지는 성향이 있었다. 다소 부족한 면이 있더라도 베스트셀러라는 이름이 커버해 줄 것이다.

"작가님 덕분에 뭔가 떠올랐습니다. 바로 서울로 가야겠네요."

규현은 캔 커피를 원샷하고는 소파에서 일어나 짐을 챙겼다. 앞에 앉아 있던 병규도 규현의 갑작스러운 움직임에 일어났다.

"피곤하실 텐데 조금 더 쉬다 가시는 게 좋지 않겠습니까? 그리고 운행 시간표도 봐야 하지 않겠습니까?"

"서울로 가는 차편은 많습니다. 지금 가면 바로 탈 수 있는 것도 있겠죠. 그리고 급히 해야 할 일이 생겨서 말이죠."

규현의 눈동자가 빛났다. 그의 앞을 가로 막고 있었던 답답한 안개가 사라지고 뻥 뚫린 넓은 도로가 펼쳐진 것 같은 기분이었다.

"배웅해 드리겠습니다."

병규는 버스 터미널까지 규현을 배웅했다. 마침 10분 정도 후에 서울을 향해 부산에서 출발하는 버스가 있었다.

규현은 표를 끊고 서울로 향하는 버스에 올랐다.

4시간 가까이 걸리는 짧지 않은 여행이 끝나고 규현은 사무실이 아닌 오피스텔로 향했다. 오늘 병규를 만난다는 이유로 하루 쉰다고 하은에게 말해두었기 때문에 굳이 출근할 필요가 없었다.

오피스텔에 도착한 규현은 뉴욕 북스의 제이슨 케딘에게 출간을 문의하는 내용의 이메일을 보냈다. 마음 같아서는 당장 전화를 하고 싶었지만 지금 뉴욕의 시간대는 어림잡아 새벽 쯤이었기 때문에 무리가 있었다.

메일을 보내고 얼마 지나지 않아서 전화가 한 통 왔다.

스마트폰을 들어 올려 보니 제이슨 케딘의 전화번호가 찍혀 있었다. 뉴욕은 지금 새벽 시간이었지만 규현의 메일을 확인하고 전화를 준 것 같았다.

―안녕하세요. 뉴욕 북스 기획실장 제이슨 케딘입니다.

"정규현입니다."

그는 목소리를 한 차례 다듬은 뒤, 이제는 꽤 익숙해진 영어로 대답했다.

"새벽인데 깨어 계셨습니까?"

―네. 마침 처리해야 할 일이 많이 남아 있어서 지금까지 사무실에 남아 있었습니다. 슬슬 일을 다 끝내고 퇴근하기 전에 습관적으로 메일함을 확인했다가 작가님의 메일을 확인하게 된 것이었죠.

제이슨이 대답했다. 규현에게는 다행이었다. 만약 그가 메일함을 확인하지 않았다면 규현은 적지 않은 시간을 기다려야 했을 것이다.

"고생이 많으십니다."

―감사합니다. 그건 그렇고 메일을 확인했습니다만… 저희를 통해 작품을 출간하고 싶다는 것 같은데… 사실입니까?

"네. 뉴욕 북스를 통해 영미와 유럽에 작품을 출간하고 싶습니다."

―저희는 언제든지 준비되어 있습니다. 원고는 준비되어 있

으신 거죠?

뉴욕 북스는 규현과 함께 일할 마음이 있었고 준비도 되어 있었다.

"아뇨. 원고는 아직 준비되지 않았습니다."

―한국에 출간된 작품이 아니라는 말씀이신가요?

제이슨이 물었다. 그는 당연히 한국에서 출간되어 좋은 성적을 낸, 그래서 해외에서도 어느 정도 성적이 보장된 작품의 해외 출간을 희망한다고 생각하고 있었다.

그런데 원고가 준비되어 있지 않다는 말은 한국에서 출간되지 않은 작품이라는 말과 거의 동일했기 때문에 제이슨은 다소 당황할 수밖에 없었다.

규현의 책이라면 무조건 출간하고 보는 교토 북스와 달리 뉴욕 북스는 규현을 무조건적으로 신뢰하지 않았고 어느 정도 성적이 보장되어 있어야 출간을 할 생각이었던 것이다.

"조만간에 원고를 보내 드리겠습니다. 확인하고 출간을 결정해 주시죠."

규현은 담담하게 말했다. 어느 정도 예상했던 반응이었다. 그는 아직 세계적인 작가는 아니었기 때문에 여러 국가에 출간하는 것은 일종의 모험이었다.

―마침 저희 출판사에 한국인 직원이 있으니… 그에게 1차 검토를 맡기겠습니다. 1차 검토에서 통과한다면 원고 일부를

번역해서 저희가 2차 검토를 하도록 하겠습니다.

"알겠습니다. 잘 부탁드리겠습니다."

뉴욕에는 지금 새벽이었기 때문에 긴 시간을 통화하기 곤란했다. 마침 할 말도 다했기 때문에 규현은 전화를 끊고 책상으로 발걸음을 옮겼다.

마감 기한이 정해져 있는 것은 아니었지만 최대한 원고를 빨리 넘길수록 좋기 때문에 그는 차기작 작업에 몰두했다. 다행히 국내 독자들을 사실상 포기한다고 생각하자 글은 훨씬 더 빠른 속도로 써지고 있었다.

마음을 고쳐먹고 처음으로 확인한 스탯도 괜찮은 수준이었다.

고지가 보이고 있었다. 규현은 여러 번의 수정 끝에 괜찮은 원고를 하나 만들어낼 수 있었다.

[악마 계약자의 제국]
분류 : 판타지.
종합 등급 : S.
예상 흥행 : 국내 C / 해외 S.

해외 흥행 스탯에 S급이 붙은 괴물 소설이 탄생했다. 국내 흥행 스탯이 상당히 낮았지만 해외를 주력으로 출간할 것이기 때문에 크게 신경 쓸 필요는 없을 것 같았다.

마지막으로 원고를 정리하고 뉴욕 북스에 메일로 보낸 뒤, 규현은 시간을 확인해 보았다. 다행히 뉴욕도 지금 전화를 걸었을 때 실례가 되지 않는 시간이었다.

규현은 뉴욕 북스의 제이슨 케딘에게 전화를 걸었다.

"원고를 보냈습니다."

그의 목소리에서 자신감이 넘치고 있었다.

뉴욕 북스 기획실 사무실.

기획 2팀의 기획자 에이미 송은 얼마 전에 뉴욕 북스에 입사한 신입 사원이었다. 그녀는 어렸을 때부터 장르 소설 출판사에서 일하는 게 꿈이었는데 마침내 그 꿈을 이뤘기 때문에 모든 일에 열심이었다.

"에이미."

"네? 네!"

책상을 정리하고 있던 에이미는 자신을 부르는 차가운 목소리에 깜짝 놀라 책상 정리를 마무리했다.

목소리가 들리는 방향으로 고개를 돌리니 뉴욕 북스 기획실장 제이슨 케딘이 서 있었다. 날카로운 인상의 그는 사내에서 깐깐하기로 악명이 높았다. 그래서 에이미는 긴장할 수밖에 없었다.

"메일 확인해. 정규현 작가의 원고를 한국어 원고를 보내두 었으니까… 검토하고 감상을 들려주었으면 좋겠군."

제이슨은 평소처럼 할 말만 하고 어디론가 사라졌다. 에이 미는 서둘러 메일함을 확인했다. 그의 말대로 많고 많은 업무 메일 중에서 정규현 작가의 원고가 담긴 메일이 하나 와 있었 다.

그녀는 의자에 앉아 규현의 원고를 차근차근 읽기 시작했 다. 처음에는 가볍게 읽기 시작했으나, 그녀는 얼마 지나지 않 아서 아주 깊게 빠져들기 시작했다.

그녀가 정신을 차렸을 땐 반 권 분량의 원고를 모두 읽은 뒤였다.

규현의 원고 마지막 부분을 읽고나서 그녀가 든 생각은 단 하나였다.

'다음 부분을 읽고 싶다.'

그녀는 그 감정을 고스란히 간직한 채 제이슨 케딘 기획실 장에게 보고를 위한 문서를 작성하기 시작했다.

*　　　　　*　　　　　*

뉴욕 북스에 원고를 보낸 뒤에도 규현은 글을 쓰는 것을 멈 추지 않았다.

투고한 원고가 통과하지 못할 수도 있다는 불안감에 헛수고를 하기 싫어서 이어서 쓰는 것을 망설이는 작가들도 있었지만 규현은 확신을 가지고 있었다. 그리고 그 확신의 근거가 되는 것은 그의 눈에만 보이는 스탯이었다.

그 누구에게도 말할 수 없는 근거였지만 그 어떤 것보다 확실했다.

그는 글 쓰는 속도가 꽤 빠른 편이었기 때문에 한 작품에 집중해서 쓰니 순식간에 1권 분량을 채울 수 있었다.

국내에선 1, 2권을 동시에 출간해야 한다는 불문율이 존재했지만 해외에서 그런 건 거의 없다시피 했기 때문에 1권 분량이면 바로 출간할 수 있는 수준이었다.

"훌륭하군."

마지막으로 스탯을 확인하는 것까지 끝마친 규현은 만족스러운 표정으로 혼잣말을 중얼거리며 메일함을 확인했다. 슬슬 원고 검토가 끝나고 답장을 보냈을 것이라 생각되었기 때문이었다.

확인해 본 결과, 뉴욕 북스에서 보낸 메일이 하나 와 있었다.

[안녕하세요, 정규현 작가님. 뉴욕 북스의 제이슨 케딘입니다. 보내주신 원고가 1차, 2차 검토에서 모두 통과되었고 저희

는 기쁜 마음으로 작가님의 작품인 악마 계약자의 제국을 출간하고자 합니다. 저희는 언제나 준비되어 있는 출판사입니다. 작가님이 1권 분량의 원고가 완성될 때까지 기다리겠습니다. 원고가 준비되는 대로 메일로 보내주시면 감사하겠습니다.]

메일을 읽은 규현은 입꼬리를 끌어 올리며 답장을 작성했다.

[여기 1권 분량의 원고입니다. 바로 번역 작업에 착수해 주시죠. 최대한 빨리 진행해 주셨으면 합니다.]

규현은 1권 분량의 원고와 함께 메일을 보냈다. 얼마 지나지 않아 뉴욕 북스에서 전화가 걸려 왔다.

지금 한국은 저녁 시간이었지만 뉴욕은 아침이었다. 충분히 전화가 올 수 있는 시간이었다.

"네, 정규현입니다."

─반갑습니다, 정규현 작가님. 뉴욕 북스 기획실장 제이슨 케딘이라고 합니다.

전화 통화를 몇 번 했음에도 불구하고 아주 길게 자신을 소개하는 제이슨이었다.

"반가워요, 케딘 실장님. 여기는 다들 퇴근한 시간인데, 뉴욕은 아직 아침이죠?"

─이런… 제가 곤란한 시간에 전화를 드렸나 보군요. 저는 그저 작가님이 신속하게 일을 처리하는 것을 원하시는 것 같아서 전화를 드린 건데……

농담 삼아 던진 말에 신선하게 반응하는 제이슨에 규현의 입가에 부드러운 미소가 번졌다. 그는 책상 앞 의자에서 소파로 옮겨 앉으며 입을 열었다.

"그냥 해본 말이니까 신경 쓰지 마세요. 그나저나 갑작스럽게 전화를 하신 이유는 무엇이죠?"

─실은 우리 직원이 원고를 확인했습니다. 중복 없이 1권 분량이 정확하다고 하더군요.

"당연하죠. 저는 사기 치는 사람 아닙니다."

가끔 중복되는 내용을 고의로 넣어서 분량을 사기 치는 작가들이 있었는데, 규현은 그렇게 어리석은 작가가 아니었다. 그런 짓을 할 경우 그 작가의 신뢰도는 바닥을 치게 된다.

얻는 것에 비해 리스크가 너무 컸다. 물론 조금의 중복은 크게 문제되지 않지만 그게 많을 경우 작품의 전체적은 퀄리티를 떨어뜨리기 때문에 큰 문제가 된다.

아마 뉴욕 북스 측에선 규현이 짧은 시간 동안에 원고를 완성해서 주니까 잠시 의심을 한 것 같았다.

─제가 이렇게 전화를 드린 이유는 논의해야 할 여러 가지

문제가 있기 때문입니다.

"그 전에 여쭤볼 게 있습니다."

—얼마든지 질문하시죠.

"계약은 우편으로 진행하게 됩니까?"

—예. 아무래도 그렇게 될 것 같습니다.

규현의 물음에 제이슨이 대답했다. 만나서 직접 계약하는 것만큼 확실한 것도 없었지만 멀리 떨어져 있는 경우 만나는 게 쉽지 않기 때문에 우편으로 계약서를 주고받는 경우가 많았다.

"그렇습니까?"

규현은 눈살을 찌푸렸다. 국제 우편을 주고받는 것엔 시간이 오래 걸리기 때문이었다.

"제가 뉴욕으로 가는 게 좋을 것 같습니다. 그게 시간을 절약할 수 있을 것 같네요."

아무래도 자신이 직접 뉴욕으로 가는 게 좋을 것 같다고 생각하는 규현이었다. 그리고 실제로 그편이 시간을 조금 더 절약할 수 있었다.

그는 한시라도 빨리 지은을 만나고 싶었고 그러기 위해서는 최고가 되어야만 했다. 가능하면 비용이 더 소모되더라도 시간을 아끼고 싶었다.

"걱정 마세요. 비용은 제가 부담할 테니까요."

―작가님의 뜻이 정 그러시다면 자세한 일정을 알려주시죠. 저희 측 직원을 공항으로 보내겠습니다.

　"알겠습니다. 비행기 시간을 확인하고 다시 연락드리겠습니다."

　전화 통화가 끝났고 규현은 비행기 시간을 확인했다. 다행히 바로 다음 날 출발하는 비행기에 남는 좌석이 있었다.

　규현은 그 자리에서 표를 예매했고, 다음 날 하은과 칠흑팔검에게 사정을 설명한 후 탑승 시간에 맞춰 비행기에 탑승했다.

　긴 비행시간이 끝나고 공항에 도착한 규현은 제이슨이 미리 준 연락처로 전화를 걸었다. 그리고 멀지 않은 곳에서 스마트폰을 찾는 듯한 행동을 보이는 여성의 모습에 규현은 전화를 끊고 그녀에게 다가갔다.

　동양인이었다. 머리를 노랗게 염색했지만 그녀가 동양인이라는 것을 어렵지 않게 알 수 있었다.

　아마도 제이슨이 말한 한국인 여직원 같았다.

　"에이미 씨?"

　가방을 뒤적이며 열심히 스마트폰을 찾던 그녀는 자신을 부르는 목소리에 고개를 들어 규현을 보았다.

　"정규현 작가님이세요?"

　에이미는 자신을 부른 남자가 규현이라는 것을 어렵지 않게 짐작할 수 있었다. 그의 사진을 보기도 했지만 지금 이 공항 안에서 자신의 이름을 알고 있을 만한 사람은 드물었기 때문이었다.

"네. 제가 정규현입니다."

규현은 고개를 끄덕이며 긍정했고 에이미의 표정이 밝아졌다.

"와아, 다행이다. 제가 너무 일찍 와서 기다리느라 힘들었거든요."

에이미는 가벼운 웃음소리를 슬쩍 흘리며 볼을 긁적였다. 혹시나 늦을까봐 꽤나 일찍부터 와서 기다린 것 같았다.

"제가 잡설이 너무 길었네요. 차량으로 이동하시죠."

"아… 운전면허가 있으신 건가요?"

"네. 당연하죠. 사회생활을 하려면 운전면허는 필수랍니다."

여자는 겉으로 보이는 모습으로 나이를 판단하기 힘들다고 하지만 에이미는 20대 초반 특유의 풋풋함이 느껴질 정도로 어려 보였다. 그래서 약간 구시대적인 생각을 가지고 있는 규현은 그녀가 당연히 운전면허를 가지고 있지 않을 것이라 생각했는데 아니있다.

"아무래도 그렇죠."

에이미의 말에 규현은 고개를 가볍게 끄덕이며 긍정했다.

간단한 대화를 나누며 걷다 보니 차가 주차되어 있는 곳에 도착할 수 있었다.

"타, 타세요!"

먼저 달려가 조수석의 문을 열고 기다리는 에이미의 모습에 규현은 입가에 희미한 미소를 머금은 채 고개를 저었다. 어디서 본 건 많은 것 같았다.

"감사합니다."

규현이 먼저 조수석에 탑승하자 에이미는 조심스럽게 문을 닫은 뒤, 운전석에 탔다. 시동을 걸고 여러 가지를 점검한 그녀는 뉴욕 북스 건물을 향해 차를 몰았다.

공항에서 에이미가 운전하는 차를 타고 이동한 덕분에 사무실이 있는 뉴욕 북스 건물에 도착할 수 있었다. 결코 짧은 시간은 아니었다.

"기획실 사무실로 이동하시죠."

주차장에 차를 주차하고 에이미의 안내를 받아 기획실 사무실에 도착했다. 응접실이 하나 있었고 그녀는 그곳으로 규현을 안내했다.

"잠시만 기다려 주시겠어요? 곧 실장님이 오실 거예요."

"만나서 반가웠습니다."

"저야말로 오랜만에 한국어로 대화할 수 있어서 너무 기뻤고 반가웠습니다."

짧은 대화를 끝으로 그녀는 응접실을 나섰고 규현은 편안한 의자에 앉아 스마트폰 게임을 가볍게 즐기면서 제이슨 케딘 기획실장을 기다렸다.

얼마 지나지 않아서 응접실 문이 열리고 제이슨이 걸어 들어왔다.

"작가님! 정말 오랜만입니다!"

대박의 냄새를 귀신같이 맡은 건지 제이슨은 규현을 상당히 반갑게 대했다. 그 모습에 규현은 혀를 내둘렀다.

다시 문이 열리고 에이미가 커피 두 잔을 가져와 두 사람의 앞에 내려놓았다.

"이렇게 환영해 주시니 정말 감사합니다."

"저희야 작가님이라면 무조건 환영이죠."

규현의 말에 제이슨은 입가에 미소를 그린 채 대답했다. 그러면서 자연스럽게 좋은 분위기를 유지하면서 계약서를 가방에서 꺼내는 것이 보통 솜씨가 아니었다.

그것을 보며 규현도 노트북을 꺼냈다.

"노트북은 어떤 이유로 꺼내시는 것인지⋯⋯?"

"확인할 게 있어서요."

규현은 노트북 전원을 켜며 말했다.

"아⋯ 그렇군요."

제이슨은 고개를 끄덕였으나 납득하는 얼굴은 아니었다.

"그럼 계약서를 확인하겠습니다."

"확인해 보시면 아시겠지만 저번과 달라진 점은 거의 없습니다."

계약서를 읽어본 규현은 눈살을 찌푸렸다. 제이슨의 말대로 지난번의 계약서와 달라진 게 없었다. 달라진 게 없어도 너무 없어서 문제였다.

악마 계약자의 제국은 결코 이런 조건으로 계약할 만한 작품이 아니었다.

"계약 조건을 조율하고 싶습니다."

"네. 말씀해 보시죠."

규현의 말에 제이슨은 흔쾌히 고개를 끄덕였다. 이미 어느 정도의 조정은 뉴욕 북스에서도 예상하고 있었다.

"정산 비율을 한국과 동일하게 했으면 좋겠습니다."

그렇게 말하며 규현은 미소를 지었다. 미국의 정산 비율은 한국과는 달리 출판사에 압도적으로 유리했다. 지금까지는 참고 넘겼지만 악마 계약자의 제국은 더 높은 정산 비율을 요구할 수 있을 만한 작품이었다.

"잠시만 기다려 주시겠습니까?"

제이슨은 잠시 응접실을 나갔다. 누군가와 통화를 하는 것 같았는데 아마도 자기 상사 또는 뉴욕 북스 대표와 통화를 하는 것 같았다.

정산 비율을 조금 조정하는 것은 그의 권한으로 가능했지만 이렇게 많이 조정하는 것은 승인이 필요한 일이었다.

"오래 기다리게 해서 죄송합니다."

5분 정도의 시간이 흐르고 제이슨이 돌아왔다. 그는 규현의 앞에 앉으며 입을 열었다.

"꼭 그렇게 하셔야겠습니까?"

"안 되면 다른 곳을 찾는 수밖에 없지요."

당장 지은의 일 때문에 급했지만 챙길 건 챙겨야 했다. 뉴욕 북스는 자신의 사정을 몰랐기 때문에 강하게 나갈 수 있었다.

제이슨은 크게 고민하는 기색이었으나, 곧 생각을 정리한 것인지 천천히 입을 열었다.

"좋습니다. 받아들이겠습니다."

뉴욕 북스에서 출간된 작품 중에선 베스트셀러가 많았고 그 대부분을 기획실장인 제이슨이 발굴했다. 그런 그의 본능이 말하고 있었다. 눈앞의 작가는 잡아야 한다고. 그래서 놓칠 수 없었다.

"그리고 한 가지 더⋯ 최고의 마케팅을 약속해 주셨으면 좋겠습니다."

"그건 최대한 해드리겠습니다."

"계약서에 명시해 주시죠."

계약서에 명시하는 게 제일 확실했다. 구두 약속일 경우 신뢰성이 떨어질 수밖에 없었다.

"어려운 일은 아니죠."

최고의 작품에 최고의 마케팅을 약속하는 것은 어려운 일이 아니었기 때문에 제이슨은 흔쾌히 계약서에 마케팅 우선을 명시했고 두 사람은 마지막으로 계약서를 확인한 다음에 사인을 했다.

사인이 끝나고 규현은 악마 계약자의 제국의 스탯을 확인했다.

[악마 계약자의 제국]
분류 : 판타지.
종합 등급 : S.
예상 흥행 : 국내 B / 해외 S.

마케팅 약속으로 인해 국내 흥행 스탯이 한 단계 올라가 있었다.

63장

작가 정규현

뉴욕 북스와의 계약이 끝나자 규현은 바로 귀국하지 않고 일본으로 향했다.

해외 출간은 전체적으로 뉴욕 북스에 맡겼지만 일본 출간만큼은 교토 북스에서 하고 싶었기 때문이었다.

공항에 마중 나온 직원은 교토 북스 기획팀의 강진호 대리였다. 규현은 그와 합류하여 차를 이용해 교토 북스 건물로 이동했다.

"작가님, 그동안 잘 지내셨습니까?"

"예, 잘 지내고 있습니다."

규현은 분명 미소를 지으며 대답했지만 그 밑엔 어두운 그늘이 드리워져 있었다. 진호는 그 그늘을 눈치채지 못했다.

간단하게 서로의 안부를 묻는 대화가 오가는 동안 교토 북스 건물에 도착할 수 있었다.

"바로 3층으로 올라가시죠."

진호는 규현을 사장실과 응접실이 있는 3층으로 안내했다.

3층의 응접실에는 편집기획실장 타카하시 마코토가 먼저 앉아서 기다리고 있었다. 평소 교토 북스를 방문했을 때 자주 만났던 기획팀장 야마모토 켄이치는 보이지 않았다.

"야마모토 팀장은 마침 외근이 있어서 제가 대신 왔습니다."

규현이 주변을 두리번거리며 누군가를 찾는 듯한 모습을 보이자 마코토가 켄이치가 없는 사정을 설명했다.

영어는 수준급의 실력을 가지고 있지만 일본어는 거의 못하는 규현을 위해 진호가 옆에서 통역을 해주었다.

"일단 앉으시죠. 곧 대표님이 오실 겁니다."

마코토는 규현에게 앉으라고 권했다. 이미 진호에게 연락을 받고 준비해 둔 것인지 테이블 위에는 차가 준비되어 있었다.

"차가 식기 전에 대표님께서 오실 겁니다."

마코토는 장난스러운 표정으로 말했다. 그리고 그의 말대로 차가 식기 전에 응접실 문이 열리고 교토 북스 대표 나가 노 신지가 걸어 들어왔다.

규현과 진호, 그리고 마코토는 일어나서 그를 맞이했다.

"일어나실 필요까진 없는데… 다들 앉으세요."

신지가 소파에 앉자 다른 직원들과 규현도 소파에 앉았다.

"작가님, 정말 오랜만입니다. 그동안 잘 지내셨습니까?"

"예, 제 책들은 잘 팔리고 있나요?"

"정규현 작가님 작품은 완결 이후로도 꾸준히 잘 팔리고 있습니다."

규현의 물음에 신지는 입가에 미소를 그리며 대답했다. 규현이 교토 북스를 통해 출간한 작품들은 완결 이후로도 꾸준히 잘 팔리고 있었다. 그래서 교토 북스 측에서도 확실하게 마케팅을 잡고 밀어주고 있었다.

교토 북스 입장에서 규현은 황금 알을 낳는 거위나 다름없었다.

"다행이네요."

규현은 미소를 지으며 고개를 끄덕였다. 사실 교토 북스를 통해 출간한 작품들이 잘 팔리고 있다는 것은 매달 통장에 찍히는 정산금만 봐도 알 수 있는 것이었다.

"그나저나 오늘 저희를 보자고 한 이유는 신작 때문인 것 같은데… 맞습니까?"

신지의 물음에 규현은 입가에 부드러운 미소를 머금었다.

출판 쪽 사업가가 아니랄까 봐 눈치가 상당히 빨랐다.

"눈치가 빠르시네요. 신작 때문에 보자고 했습니다."

"저희야 작가님 작품이면 무조건 통과입니다. 바로 번역 작업에 들어가겠습니다. 원고 주시죠."

편집기획실장 타카하시 마코토가 적극적인 모습을 보였다. 신지도 고개를 끄덕였다.

규현이 교토 북스를 통해 출간한 작품은 빠짐없이 상당히 좋은 성적을 보였기 때문에 그의 반응은 당연했다.

"원고는 가져왔습니다만 우선은 읽어보시죠."

규현은 진호에게 노트북을 건넸다. 진호가 악마 계약자의 제국 원고를 읽는 동안 세 사람은 화제를 전환하며 대화를 나누었다.

"세상에……."

원고를 다 읽은 진호는 감탄사를 내뱉었다. 마코토와 신지의 시선이 진호에게 향했다.

"이거 정말 재밌습니다."

"결정 났군! 타카하시 실장, 지금 당장 번역팀에 원고 넘겨. 작가님, 원고 가지고 계시죠?"

"여기 복사본이 있습니다."

신지의 물음에 규현은 군이 메일로 보낼 필요 없이 작은 이동식 저장 장치를 건넸다. 그것을 받아든 마코토는 곧바로 응접실을 뛰쳐나갔다. 번역팀 사무실로 이동하는 것 같았다.

마코토가 번역팀으로 원고를 전달하기 위해 뛰어간 사이 신지는 바로 옆 대표실에서 계약서를 꺼내 왔다.

계약서에 사인을 하기 위해 펜을 꺼내 든 규현은 신지를 보며 입을 열었다.

"최고의 일러스트 작가님을 써주세요."

솔직히 말해서 악마 계약자의 제국의 국내 흥행 스탯은 낮았기 때문에 해외지만 국내와 시장 성격이 비슷한 일본인들에게 취향이 맞지 않을 수도 있었다. 이 경우 일러스트와 마케팅으로 커버해야만 했다.

특히 일본 소설 시장은 일러스트 작가만 보고 사는 경우도 있었기 때문에 일러스트가 매우 중요했다.

"당연히 최고의 일리스트 작가님을 모시겠습니다. 원하신다면 계약서 특약 조항에 일러스트 작가를 지명해 주시죠. 그러면 저희가 최선을 다하겠습니다."

"그럼 사양하지 않겠습니다."

규현은 거절하지 않고 원하는 일러스트 작가 이름을 계약서에 명시했다. 그가 명시한 일러스트 작가는 일본 최고의 일러스트 작가였다.

"조금 힘들겠지만 최대한 노력해 보겠습니다."

신지는 조금 놀란 눈치였지만 계약서 명시는 먼저 이야기를 꺼내기도 했고 규현의 요청을 거절할 수도 없었기 때문에 그냥 사인을 할 수밖에 없었다.

"벌써 가시려고 하십니까?"

용건이 끝나고 천천히 일어서는 규현을 보며 신지가 아쉬운 표정으로 물었다. 오랜만에 찾아온 규현을 위해 갑작스러운 방문에도 불구하고 최대한 준비를 해두었던 것이다.

"네. 아무래도 지금 한창 바쁠 때라서요."

규현은 입가에 가벼운 미소를 머금은 채 대답했다. 그의 말대로 한창 바쁠 때였다.

하은에게 무너지고 있는 문학 왕국의 모니터링을 맡기긴 했지만 아무래도 직접 상황을 살피는 게 마음이 편할 것 같다.

게다가 요즘 사무실은 여러 가지로 바빴다. 문학 왕국과 북페이지가 무너지면서 많은 작가가 쏟아져 나오고 있었는데 그들을 영입하고 관리해야 하기 때문에 현재 가람 직원들은 며칠 째 야근 행진을 이어오고 있었다. 특히 작가를 담당하는 칠흑팔검 같은 경우엔 많이 힘들어 하고 있었다.

"강 대리, 작가님을 공항까지 모셔다 드려요."

"알겠습니다."

신지는 진호에게 규현을 공항까지 데려다줄 것을 지시했고 진호는 고개를 끄덕였다.

규현은 진호 덕분에 공항까지 편하게 이동할 수 있었다. 공항에 도착한 그는 진호와 작별 인사를 나눈 뒤 서울로 향하는 비행기에 올랐다.

　서울에 도착한 규현은 가장 먼저 칠흑팔검과 만나게 되었다.

　규현에게서 미리 연락을 받은 칠흑팔검이 차를 가지고 왔다. 공항 주차장을 이용하기 싫어서 오피스텔 주차장에 차를 두고 왔기 때문에 마중 나온 칠흑팔검이 반가운 규현이었다.

　"칠흑팔검 작가님! 이렇게 또 저를 위해 마중도 나오시고… 감사합니다."

　살짝 오버하는 규현을 보며 칠흑팔검은 미소를 지었다.

　"보고드릴 일도 있어서 겸사겸사 마중도 나왔습니다."

　"보고할 일이라뇨?"

　"일단 차로 이동하시죠. 가는 길에 말씀드리겠습니다."

　칠흑팔검은 주차장으로 먼저 발걸음을 옮겼고 규현은 그의 뒤를 따랐다. 말없이 발걸음을 재촉하던 칠흑팔검은 주차장의 모습이 드러날 때쯤에 입을 열었다.

　"문학 왕국이 사실상 무너졌습니다."

　"정말입니까?"

　"예."

　규현은 확인차 다시 물었고 칠흑팔검은 고개를 끄덕이며 긍정했다. 문학 왕국이 사실상 무너졌다는 말에 규현의 눈이 반짝였다.

문학 왕국은 인한을 믿고 많은 일을 벌였었다. 그러다가 인한이 더 이상 도움을 주지 못하는 상황이 되자 문학 왕국은 과하게 확장한 일들을 수습하지 못하고 점차 무너지기 시작했다.

애초에 문학 왕국은 무너지고 있었다. 인한의 개입으로 벌어진 상처를 잠깐이나마 봉합했던 것인데 그가 도움의 손길을 철회하자 상처가 완전히 벌어지고 과다 출혈이 시작된 것이다.

"그런데 사실상 무너졌다는 건 무슨 말이죠?"

"문학 왕국 내부의 작가들이 모두 이탈했습니다. 이제 문학 왕국 자체 매니지먼트와 계약된 작가는 없습니다."

지금 한국 장르 출판계는 독점 경쟁이 치열하게 진행되고 있었다.

자체 매니지먼트의 작가들이 모두 이탈했다는 것은 유료 연재에 서비스할 작품이 크게 줄었다는 것을 의미했고 주 수입원인 유료 연재의 몰락은 엄청난 매출 하락을 가져왔다.

아직 제휴 관계인 북페이지의 작가들이 남아서 유료 연재를 진행하고 있지만 아마도 얼마 버티지 못할 것이다.

북페이지 또한 작가들의 이탈이 날이 갈수록 심해지고 있으니까. 가만히 있어도 이탈하는 작가들을 다른 출판사와 매니지먼트들이 앞다투어 움직여 유혹하니 더욱 빠르게 빠져나갈 수밖에 없는 것이다.

북페이지와 문학 왕국은 이미 명분을 잃었기 때문에 다른 출판사와 매니지먼트들의 유혹을 막을 수단도 없었다. 그야말로 피할 수 없는 몰락의 길을 걷고 있었다.

"문학 왕국도 더 이상 버티지 못하겠네요."

문을 열고 조수석에 탑승하며 규현이 말했다. 문학 왕국의 안타까운 현실에 그는 고개를 저었다. 이윽고 운전석에 칠흑 팔검이 탑승했다.

"네. 아무래도 그렇겠죠."

칠흑팔검이 긍정했다. 과거였다면 자체 매니지먼트 작가들이 아니라도 유료 연재를 할 다른 출판사 및 매니지먼트 소속의 작가들이 많았을 것이지만 지금은 상황이 완전히 달라져서 모두 출판사나 매니지먼트와 제휴 관계에 있는 플랫폼에서만 연재를 하고 있었다.

주요 수입원이 사라진 문학 왕국은 얼마 버티지 못할 것이다.

"지금 문학 왕국에서는 신인 작가들과 계약하는 것에 최선을 다하고 있지만 그것도 힘들 겁니다. 이미 문학 왕국이 망할 것이란 소문은 퍼질 대로 퍼졌거든요."

칠흑팔검은 말을 마치며 시동을 걸었다. 한국 장르 문학계는 상당히 좁았고 커뮤니티가 발달되어 있었기 때문에 한번 소문이 나면 걷잡을 수 없었다.

"오피스텔로 갈까요?"

"아뇨. 아무래도 사무실로 가야겠네요. 일 폭탄이 투하되었을 것 같으니… 가서 제가 도와야 하지 않겠습니까?"

"그러면 저희야 좋지요."

칠흑팔검은 입가에 미소를 그린 채 사무실을 향해 차를 몰았다.

"다들 고생이 많으십니다."

마침 저녁 시간이었기 때문에 규현은 사무실에 바로 가지 않고 제과점에서 샌드위치와 커피를 샀다. 그리고 그것들을 들고 사무실 문을 열어젖히자 직원들은 피곤에 찌든 얼굴로 규현을 반겼다.

그 모습에 규현은 안타까운 감정을 느끼며 샌드위치와 커피를 돌렸다. 그리고 대표실을 향해 발걸음을 옮기며 하은을 향해 시선을 옮겼다.

"하은 씨, 잠시만 대표실로."

"네."

규현과 하은이 대표실로 들어갔다.

"문학 왕국이 사실상 무너졌다고 들었습니다. 칠흑팔검 작가님에게서 간단하게 보고받았지만 자세히 알고 싶어서요."

"작가들은 전원 이탈했고, 소모할 콘텐츠가 없으니 독자들도 이탈할 것으로 보입니다. 확실하진 않지만 아마 일주일 내로 문학 왕국의 모든 독자가 다른 연재 사이트로 흡수될 것 같습니다."

하은의 보고에 규현의 눈이 반짝였다. 현재 국내에서 사실상 연재 사이트라고 부를 수 있을 정도로 제대로 기능하고 있는 곳은 가람북이 유일했다. 아마도 난민이 된 그들은 가람북을 향해 몰려올 것이다.

"지금까지 노출이 적었던 작품과 인기작들을 엮어서 프로모션 진행하고 독자 유치를 위한 이벤트도 진행하도록 하세요. 이번 기회를 잘 잡아야 합니다."

규현의 머리가 빠르게 돌아갔다. 지금 이 기회를 잘 잡아야 한다고 그는 생각했다.

문학 왕국이 사실상 무너지고 나서 북페이지도 얼마 버티지 못하고 기능을 상실하고 말았다.

북페이지와 문학 왕국의 기능이 정지하면서 가장 큰 이득을 본 곳은 가람북이었다.

두 곳을 이용하던 독자들과 작가들을 대부분 흡수하였기 때문이었다. 작가들 같은 경우엔 제이엔 미디어나 파란책과 같은 출판사와 매니지먼트와 나눠서 흡수했지만 독자들은 사실상 가람북에서 독점한 것이나 다름없었다.

다른 출판사와 매니지먼트는 자체 연재 사이트가 없거나 있더라도 제대로 기능하지 않는 경우가 대부분이었기 때문에 흡수하고 싶어도 흡수할 수가 없었다.

문학 왕국과 북페이지가 무너지자 협력하여 그들을 공격했던 출판사와 매니지먼트들은 거짓말처럼 와해되어 경쟁자의 위치로 복귀했다.

거대 연재 사이트인 문학 왕국과 국내에서 가장 규모가 컸던 플랫폼인 북페이지의 몰락은 한동안 장르 관련 사이트와 인터넷 뉴스를 통해 화젯거리가 되었지만 10월이 다가오면서 그것 또한 시들시들해지고 점차 잊혀졌다.

이러한 사건에도 시간은 분주하게 흘러 마침내 10월이 되었다.

10월 1일 새벽.

잠의 늪에서 허우적거리던 규현은 갑작스럽게 걸려온 전화에 깜짝 놀라 잠에서 깨어났다. 스마트폰을 확인해 보니 뉴욕 북스의 기획실장 제이슨 케딘이었다.

그는 좀처럼 실례되는 일은 하지 않는 주의였고 마침 악마계약자의 제국 출간 시기였기 때문에 그는 지체 없이 전화를 받았다.

—작가님, 한국 시간이 새벽이라는 건 알고 있습니다. 실례를 무릅쓰고 이 시간에 전화를 드린 것은 새벽이라도 작가님이 꼭 듣고 싶어 할 소식을 전달하기 위해서입니다.

　"출간입니까?"

　규현이 물었다. 제이슨이 그에게 전해야 할 소식은 악마 계약자의 제국 출간밖에 없었다.

　—네. 오늘 전 세계에 동시 출간되었습니다. 그래도 작가님의 기본 명성이 있어서 전 세계 동시 출간이 어떻게든 가능했었습니다. 그래도 아직 다들 확신이 없어서 그런지 초판이 많이 찍히진 않았습니다.

　전 세계 동시 출간은 정말 명성이 높은 작가가 아니면 하기 힘들었다. 그나마 규현의 명성이 조금 있어서 전 세계 동시 출간이 힘들게나마 가능했던 것이다.

　"이해합니다."

　—하지만 저는 확신합니다. 오늘이 가기 전에 초판이 바닥나고 증쇄될 것이라는 것을 말입니다.

　악마 계약자의 제국을 읽어본 제이슨은 자신만만했다. 그는 어쩌면 이 소설이 판타지의 정점에 오를지도 모른다고 감히 생각하고 있었다.

　"저 또한 확신합니다."

　규현도 자신감 있게 말했다.

한국 시간이 새벽이었기 때문에 전화는 길게 이어지지 않았다. 이야기를 조금 더 나누고 전화는 끊어졌고 규현은 출근을 위해 다시 침대에 누웠다.

*   *   *

갑작스럽게 늘어난 독자들 때문에 정신없었던 일주일이 지나고 규현은 잠시 휴식을 취하기 위해 대표실의 의자에 앉았다.

스마트폰을 꺼낸 순간 전화가 와서 받아보니 교토 북스의 진호였다.

─작가님! 완전 대박 터졌어요!

"얼마나 팔렸길래 그러십니까? 50만 부라도 팔렸어요?"

─어떻게 아셨어요? 일주일 동안 50만 부가 팔렸어요. 지금 윤전기가 폭발할 기세로 찍어내고 있어요.

규현은 깜짝 놀라 자신도 모르게 의자에서 벌떡 일어났다. 일주일 동안 50만 부면 대단한 거였다.

과거 규현이 일본에서 교토 북스를 통해 출간한 그 어떤 작품도 일주일에 50만 부라는 미친 기록을 세운 적은 없었다.

─작가님! 일주일에 50만 부면 전설의 영역이에요!

규현은 쉽게 말을 잇지 못했고 진호는 신나서 계속 떠들었다.

"나중에 제가 다시 전화드리겠습니다."

규현은 우선 진호와의 전화를 끊었다. 업무가 바빠서 뉴욕 북스에서 보낸 메일을 미처 확인하지 못했던 게 기억났기 때문이었다.

메일을 확인하진 못했지만 교토 북스의 진호와의 전화 통화 내용으로 미루어 짐작해 볼 때 상당히 긍정적인 내용일 것이라 생각되었다.

그는 서둘러 메일함을 열고 뉴욕 북스에서 보낸 메일을 확인했다.

[안녕하세요, 정규현 작가님. 뉴욕 북스입니다. 작가님은 서론이 긴 것을 싫어하시니, 바로 본론을 말씀드리겠습니다. 아직 판매량이 정확히 집계된 것은 아니지만 작가님께서 마음을 졸이고 계실 것이라 생각되어 최대한 빨리 대략적인 판매량을 알려 드리기 위해 저희가 독자적으로 정보를 모았습니다. 그 결과, 전 세계 동시 출간 후 일주일 동안 5천만 부를 판 것으로 추정됩니다. 축하드립니다, 작가님. 지금까지 뉴욕 북스 역사상 일주일 동안 5천만 부를 판 판타지 소설은 없었습니다.]

뉴욕 북스의 메일을 확인한 규현은 멍하니 노트북 화면만 주시했다. 메일 내용이 믿기지 않았기 때문이었다.

'확인해야겠어.'

뉴욕 북스가 거짓말을 할 이유는 없었지만 너무 믿기지 않았기 때문에 규현은 직접 두 눈으로 확인을 해보고 싶었다.

5천만 부가 팔린 게 사실이라면 분명 해외 언론이 어느 정도는 언급을 할 것이다. 그러니 해외 언론을 둘러보면 정확한 판매량은 알 수 없을지라도 대충 인기는 짐작할 수 있을 것이다.

〈롤킨의 재림, 장르 소설에 무서운 신인이 등장했다〉

〈절대 악마 계약자의 제국을 읽지 마라. 이것을 읽는 순간 다른 판타지 소설을 재밌게 읽을 수 없다〉

〈일주일 만에 최소 3천만 부 이상 판매 예상. 악마 계약자가 전 세계를 강타하다!〉

규현은 눈동자를 바쁘게 움직여 해외 뉴스를 쭉 살폈지만 온통 악마 계약자의 제국에 대한 긍정적인 말뿐이었다. 간혹 가다 부정적인 내용을 담은 뉴스도 있었지만 극히 소수였다.

"이게 해외 흥행 스탯 S의 위력인가……."

'한국의 롤킨'이라는 제목의 뉴스에 시선을 고정한 채 규현은 혼잣말을 중얼거렸다. 해외 흥행 스탯 S급의 위력이 이 정도일 줄은 예상도 하지 못했다.

"SSS급은 도대체……."

문득 드는 생각이었다. S급도 이 정도인데 SSS급은 도대체 어느 정도일까? 자세히 알 순 없지만 아마도 상상조차 할 수 없을 정도의 경지라고 짐작할 수 있었다.

'인기를 얻었으니 국내 흥행 스탯에 변동이 있을 수 있다.'

규현은 서둘러 악마 계약자의 제국의 스탯을 확인했다.

[악마 계약자의 제국]
분류 : 판타지.
종합 등급 : SS.
예상 흥행 : 국내 SS / 해외 S.

예상대로였다.

출간 순서를 바꿨을 뿐이었는데 종합 등급이 SS급으로 한 단계 오르고 국내 흥행 스탯도 SS급이 되어 있었다.

"칠흑팔검 작가님! 그리고 하은 씨! 잠시 저 좀 봅시다."

대표실 문을 열고 두 사람을 호출했다. 열심히 일을 하고 있던 칠흑팔검과 하은이 하던 일을 잠시 중단하고 대표실로 들어왔다.

"칠흑팔검 작가님, 악마 계약자의 제국 편집본 가지고 계시죠?"

규현의 물음에 칠흑팔검은 고개를 끄덕이며 입을 열었다.

"네, 가지고 있습니다."

"제이엔 미디어에 말해서 바로 출간 준비해 주세요."

"판권 문제는 없습니까?"

규현의 지시에 하은이 조심스럽게 질문을 했다.

"판권 문제는 아무 걱정 없습니다. 뉴욕 북스와 계약을 할 때 한국과 일본, 그리고 중국에서의 출판은 제가 우선적으로 할 수 있도록 조항을 수정해 두었습니다."

뉴욕 북스와 계약을 할 당시에 규현은 특약으로 한국과 일본, 그리고 중국에서 악마 계약자의 제국을 출간할 수 있는 권리를 인정받았기 때문에 걱정할 필요 없었다.

"하은 씨는 이번에 여러 변동이 있었잖아요. 그동안 매출의 변화를 확인하고 보고해 주세요."

"알겠습니다."

"제이엔 미디어에 문자메시지를 보냈고, 답장이 왔습니다. 몇 부나 찍어야 하냐고 묻고 있습니다."

규현과 하은이 대화하는 짧은 틈에 제이엔 미디어에 문자메시지를 보내 출간 소식을 전한 칠흑팔검은 금세 답장을 받고 그 내용을 전달했다.

"제이엔 미디어도 가끔 보면 답답할 때가 있어요."

"그건 동의합니다."

규현이 고개를 저으며 말하자 칠흑팔검도 고개를 끄덕이며 동의했다. 악마 계약자의 제국에 대해선 이미 일주일 정도 전에 출간 준비를 해두라고 이야기를 하면서 해외 출간 사실도 말해두었다.

제이엔 미디어도 생각이 있다면 악마 계약자의 제국의 해외 반응을 살폈을 텐데… 생각이 없었던 모양이었다.

몇 부를 찍을지 묻는 걸 보니 악마 계약자의 제국이 대박을 터뜨린 것을 모르는 것 같았다. 아마도 따로 담당자에게 모니터링 지시도 내리지 않은 게 분명했다.

"10만 부."

"네?"

"10만 부 찍으라고 하세요."

칠흑팔검이 되묻자 규현은 확실하게 말했다.

일본에서만 일주일 만에 50만 부가 팔렸다. 종이책 구매율이 현저히 떨어지는 한국이라도 10만 부는 팔릴 수 있을 것이라고 규현은 생각했다.

한국에는 베스트셀러에 오르면 무조건 독자들이 사고 보는 베스트셀러 효과도 있기 때문에 오히려 더 팔릴 수도 있었다.

"지금 문자메시지를 보내겠습니다."

칠흑팔검이 문자메시지를 보내기 무섭게 규현에게 제이엔 미디어의 기획팀장 정성준으로부터 전화가 걸려왔다.

"일단 나중에 이야기하죠."

하은과 칠흑팔검이 대표실을 나가고 규현은 전화를 받았다.

─작가님!

"네. 팀장님, 말씀하시죠."

성준의 목소리는 다급했지만 규현은 여유롭게 전화를 받았다.

—단도직입적으로 말하겠습니다. 10만 부는 무리입니다.

한국의 장르 시장과 일반적인 인기작의 경우를 생각해 볼 때 10만 부가 무리라고 말하는 성준의 입장도 이해가 가지 않는 것은 아니었지만 악마 계약자의 제국은 엄청난 대작이었다.

"지금 전 세계적으로 악마 계약자의 제국은 5천만 부 가까이 팔렸습니다. 못 믿겠으면 관련 정보를 지금 메일로 보내 드리겠습니다."

뉴욕 북스에서 보낸 메일에 첨부 파일이 있었다. 자세히 확인하진 않았지만 매출 현황표 같았다.

—자료를 부탁하겠습니다.

성준은 자료를 요청했다. 10만 부나 찍는다면 제이엔 미디어 대표의 승인이 필요할 것이다. 아마도 서로의 신뢰만 가지고 해결하기엔 문제가 있으니 증빙 자료를 요청한 것이다.

규현은 전화를 끊지 않은 상태로 바로 자료를 보냈다.

—확인했습니다. 세상에… 정말이군요.

자료를 확인한 성준은 감탄사를 연발했다. 전 세계적으로 5천만 부를 팔았다는 게 장르 시장에서 어떤 것을 의미하는 것인지 그 또한 잘 알고 있었다.

—제가 책임지고 대표님의 승인을 받겠습니다. 걱정하지 않

으셔도 될 것 같습니다.

"부탁합니다."

—저만 믿으세요.

규현은 성준의 확답을 받은 뒤 전화를 끊었다.

규현의 말을 헛것으로 듣지 않았다면 제이엔 미디어는 악마 계약자의 제국을 출간할 모든 준비가 끝나 있을 것이다. 그렇다면 이제 성준이 승인만 받고 원고만 전달하면 윤전기가 미친 듯이 돌아갈 것이다.

아직 유명세의 파도가 한국을 덮치진 않았지만 이제 곧 출간을 하면 무서운 속도로 규현의 주가는 상승할 것이다. 지은과 만날 수 있는 날도 얼마 남지 않았다.

창밖을 보던 규현은 습관적으로 스마트폰을 들어 올려 지은에게 전화를 걸었지만 여전히 그녀의 스마트폰은 꺼져 있었다.

롤킨의 재림.

제2의 롤킨.

한국의 롤킨.

세 개의 호칭이 가리키는 곳에는 오직 한 명의 작가만이 있었다. 그 작가는 바로 규현이었다. 처음 제이엔 미디어가 10만 부를 다 찍지 못할 것이라는 우려를 표했지만 그들의 그런 생각은 하루 만에 정정되었다.

하루 만에 10만 부가 다 팔렸다.

뉴욕 북스에서 미리 확보했던 유명 작가들의 서평 등이 유리하게 작용했다.

또한 규현의 예상과는 달리 이미 악마 계약자의 제국의 출간 소식은 국내 판타지 마니아층에 퍼져 있었다.

출간되자마자 기다렸다는 듯이 마니아층 모두 구매를 하는 것으로 베스트셀러에 올랐고, 베스트셀러에 오른 소설만 구입하는 베스트셀러족으로 인해 하루 10만 부 판매라는 이해가 되지 않는 매출을 올릴 수 있었다.

당연한 이야기지만 증쇄로 인해 윤전기는 쉬지 않고 돌아갔다.

〈세계적인 판타지 소설, 악마 계약자의 제국! 드디어 한국 상륙!〉
〈정규현 작가를 만나다〉

평소 장르 소설을 제대로 다루지 않는 대형 신문사들까지도 규현과 악마 계약자의 제국에 대한 기사를 다뤘고, 규현은 장르 소설 작가로서는 드물게 공중파 유명 토크쇼 등에 출연하는 등 그의 명성은 날이 갈수록 높아져 갔다.

11월.

악마 계약자의 제국 2권이 나오고 마침내 그의 명성이 절정에 달했을 때, 기태가 사무실에 찾아왔다.

"들어오세요."

규현은 기태를 대표실로 안내했다. 소파에 앉은 기태는 의미를 알 수 없는 미소를 지으며 규현을 보았다. 뭔가 흥미로운 것을 보는 듯한 시선이었다.

"뭐가 그렇게 재밌습니까?"

상현이 타온 커피를 입가로 가져가며 규현이 물었다. 기태는 등받이에 몸을 기대며 다시금 미소를 머금었다.

"당신이라는 사람은 정말 재밌는 것 같습니다."

"제가요?"

규현이 반문하자 기태는 고개를 끄덕였다.

"네. 정말로 최고가 되어서 돌아올 줄은 미처 몰랐습니다. 정말 대단합니다. 그 부분은 인정합니다."

기태는 순수하게 규현의 능력에 감탄했다. 어느 분야든 최고가 되는 것은 결코 쉬운 일이 아니었다. 게다가 처음 규현에게 최고를 말할 때만 해도 기태는 국내 최고를 말했지만 규현은 세계 최고가 되어 돌아왔다.

"칭찬으로 듣겠습니다."

"당연하죠. 칭찬인데……."

"그나저나 이렇게 공개적으로 찾아와도 되는 겁니까? 늘 비밀스럽게 만나지 않았습니까?"

규현이 조심스럽게 우리를 표했다. 기태는 언제나 철저한 비밀을 욕했었고, 그래서 만날 때는 늘 비밀스럽게 접촉했었다.

그런데 오늘 갑자기 사무실까지 찾아오니 놀라울 따름이었다.

"그건 걱정하지 마세요. 그 '일'로 만나는 게 아니잖습니까? 괜히 사서 고생할 필요는 없지요."

그가 말하는 그 '일'이라는 것은 최인한을 몰락시키기 위해 계획했던 일을 말하는 것이다.

"확실히 그건 그렇군요."

규현은 고개를 끄덕였다. 확실히 그 일은 들키면 여러모로 곤란했기 때문에 비밀스럽게 만나야만 했었다. 지금은 지은이 때문에 만나는 거니까 딱히 주의를 요할 필요는 없을 것 같았다.

"이제 저도 자격이 충분한 건가요?"

"무슨 자격을 말하시는 건가요?"

"회장님을 만날 자격을 말하는 겁니다."

영문을 모르겠다는 표정으로 대응하는 기태를 보며 규현은 속으로 한숨을 내쉰 뒤, 재차 말했다. 그러자 기태는 입꼬리를 끌어 올리며 고개를 끄덕였다.

"이미 회장님께 제가 다 말씀드렸습니다. 그 일로 작가님을 찾아온 것이기도 하고요."

"무슨 말씀이죠?"

"회장님께서 작가님을 저택에 초대하셨습니다. 물론 그곳에 회장님은 안 계시겠지만 이지은 씨는 있겠죠."

규현의 두 눈이 커졌다. 드디어 기태의 말은 드디어 지은을 만날 수 있다는 것을 의미했다. 그는 서둘러 일어나며 입을 열었다.

"저택으로 갑시다."

"성격이 급하시군요. 제 차량으로 이동하시죠."

두 사람은 대표실을 나섰다. 규현은 잠깐 외출하겠다고 하은과 칠흑팔검에게 말한 뒤 기태를 따라갔다.

그의 차량을 타고 대한그룹 저택에 도착했다. 차에서 내려 현관으로 발걸음을 옮기는 순간 기태가 규현의 앞을 막아섰다.

"이제 그 어떤 고용인도 당신을 막아서지 않을 겁니다. 작가님은 오늘 지은 씨를 만날 수 있는 것이죠."

"그건 다 알고 있습니다. 이제 비키시죠."

"성격도 급하셔라."

규현의 재촉에 기태는 여유로운 표정으로 물러섰고 규현은 현관을 통해 저택 안으로 들어갔다. 하지만 곧 발걸음을 멈출 수밖에 없었다.

규현은 지은의 집에 처음 찾아온 것이기 때문에 그녀의 방이 어디에 있는지 몰랐다. 기태는 규현의 모습을 바라보며 슬며시 미소 지었다.

"저쪽입니다."

"감사합니다."

기태의 도움 덕분에 규현은 간신히 그녀의 방을 찾을 수 있었다.

똑똑.

규현은 방 안의 지은이 어떤 상태로 있는지 모르기 때문에 우선 신중하게 노크를 했다. 하지만 안에서 대답은 들려오지 않았다.

똑똑.

"…들어오지 마세요. 아무도 만나고 싶지 않아."

규현이 다시 한번 노크를 하자 방 안에서 지은의 힘없는 목소리가 들려왔다. 너무나 여리고 약해진 그 목소리에 규현은 눈물을 쏟을 뻔했다.

그녀의 목소리는 언제나 밝은 기운이 넘쳤고 활기찼다. 그런데 지금은 힘이 없고 너무나 약해져 있었다.

"지은아."

규현은 간신히 그녀의 이름을 불렀다.

방 안에 있던 지은은 너무 그리워한 목소리가 들리자, 순간 자신이 착각하여 환청을 들은 게 아닌지 의심했다. 하지만 이내 고개를 저었다.

최근 식사도 거의 하지 않아 몸이 약해져 있다고는 하지만 환청을 들을 정도는 아니었다.

그녀는 힘겹게 침대에서 일어났다. 식사를 자주 걸러서 그런지 기운이 없어 침대에서 일어나는 것만 해도 보통 일이 아니었다. 하지만 그녀는 규현에 대한 그리움으로 그것을 이겨내고 발걸음을 재촉했다. 그리고 마침내 문 앞에 이르렀다.

"아아……."

그녀는 문을 열기를 망설였다. 혹여나 자신이 환청을 들었고 문을 열면 깨질 꿈은 아닌가 생각했지만 다시 용기를 내서 손을 뻗었다.

문고리를 돌리고 문을 열었다.

문이 열리자 그곳엔 꿈에서나 만날 수 있었던 규현이 서 있었다.

"아아……."

너무 반가워서 쉽게 말이 나오지 않았다. 그런 그녀를 규현은 말없이 안아 주었다. 지은은 강아지처럼 규현의 품에 파고들어 한참을 울었다.

반가움에 눈물이 멈추지 않았다.

"괜찮아. 이제 다 끝났어."

규현의 속삭임에 지은은 그의 품속에 얼굴을 파묻은 채 고개를 끄덕였다.

*   *   *

지은의 건강 상태는 상당히 좋지 않았으나, 규현과 재회한 이후로 빠른 속도로 회복되었다.

　외출 금지라는 가혹한 벌을 내리고도 마음이 편치 않았던 태식도 그녀가 회복되는 모습을 보고 만족스러워했다.

　태식은 직접적으로 규현과 지은의 만남을 허락하진 않았지만 이전과는 달리 두 사람이 만나는 것을 막지 않았다.

　태식이 비공식적으로 규현과의 관계를 허락해 주자 그녀는 매일같이 규현의 오피스텔에 들렀다.

　규현도 딱히 그녀를 막지 않았다.

　이미 두 사람은 서로 말을 하지 않았지 사귀는 사이나 다름없었다.

　"오빠, 저 왔어요."

　현관문이 열리고 오피스텔 안으로 지은이 짧은 보폭으로 뛰다시피 들어왔다. 이미 규현의 오피스텔 비밀번호는 지은과 공유한 상태였다.

　"역시 오늘도 왔네?"

　거실로 들어와 소파에 가방을 내려놓는 지은의 모습을 보며 규현은 입가에 미소를 그렸다. 지은은 외투를 벗어 소파에 대충 올려두고는 규현을 보며 입을 열었다.

　"저야 거의 매일 오잖아요. 아직 익숙하지 않은 거예요?"

"오늘은 특별한 날이니까. 안 오면 어쩌나 싶었지."

지은의 말에 규현은 TV를 끄며 말했다. 특별한 날이라는 그의 말에 지은은 나름 추측을 해봤지만 쉽지 않았다.

"특별한 날이요……? 그러고 보니 조명도 이상한 것 같아요."

주변을 살펴보던 지은은 조명이 평소와는 다르게 약간 어두우면서 묘한 분위기를 풍기고 있다는 것을 깨달았다.

"역시 우리 지은이는 살짝 둔한 감이 있다니까."

규현은 음흉하게 웃으며 그녀의 앞으로 다가갔다. 지은은 깜짝 놀라 뒷걸음쳤지만 얼마 지나지 않아서 벽에 막히고 말았다.

규현은 오른손으로 부드럽게 벽을 짚었다. 지은은 자신도 모르게 두 눈을 꾹 감았고 그 귀여운 모습에 규현은 하마터면 웃음을 터뜨릴 뻔했다.

그는 말없이 등 뒤에 숨겨둔 작은 케이스를 그녀의 눈앞으로 가져갔다. 그녀는 두 눈을 감고 있었기 때문에 눈치채지 못하는 것 같았다.

"지은아, 눈 떠."

규현의 말에 그제야 지은은 두 눈을 떴고 타이밍을 맞춰서 규현은 케이스를 열었다. 그곳에는 꽤나 비싸 보이는 반지가 있었다.

"오, 오빠? 이게 뭐예요?"

지은은 말을 더듬었다. 반지의 의미가 무엇인지 알고 있었다. 하지만 규현에게 되물었다. 이건 직접 그의 말을 들어야 의미가 있다고 그녀는 생각했다.

"반지야."

"그건 저도 알아요. 하지만 다른 말을 해주셔야죠."

지은의 말에 규현은 당황했지만 애써 겉으로 드러내지 않았다. 사실은 다른 말을 준비하지 않았다.

나이버 지식인에게 물어봤지만 온갖 느끼하고 뻔한 프러포즈만 알려줘서 기억에서 지워 버렸다.

"설마… 준비 안 한 거예요?"

지은은 두 눈을 가늘게 뜨고 규현을 노려보았다. 그 모습조차도 귀여웠지만 그는 저승사자가 노려보는 것과 같은 기분을 느꼈다. 따로 프러포즈를 준비하지 않았다. 지은은 크게 기대하고 있었던 것 같고 아무래도 큰일 난 것 같았다.

'제발 떠올라라!'

규현은 필사적으로 머리를 굴렸다. 이제 남은 방법은 즉석으로 멘트를 뽑아내는 수밖에 없었다. 그는 세계적인 베스트셀러를 쓴 자신의 뇌를 믿었다.

5시간 같은 5초가 흐르고 규현은 입꼬리를 끌어 올렸다.

"아니, 생각해 왔지."

규현은 그렇게 말하며 뒤로 한 걸음 물러섰다. 그리고 지은에게 반지를 건네며 입을 열었다.

"네 인생의 완결을 내가 쓰게 해줘."

자신의 머리에서 나온 프러포즈였기 때문에 규현은 자신만 만하게 말했다.

지은은 미소를 지었다. 규현의 멘트는 정말 참신하지도 않고, 오히려 우스울 정도였지만 그녀는 결코 웃음을 터뜨리지 않았다. 유치한 멘트 속에서 규현의 진심을 느꼈기 때문이었다.

진심을 느꼈으니 된 것이다. 프러포즈는 겉치레에 불과하다. 그녀는 그렇게 생각했다.

"자."

그녀는 손을 내밀었다. 규현은 그녀의 행동을 이해하지 못해 두 눈만 동그랗게 뜨고 눈을 깜빡였다. 그 모습에 지은은 속으로 또 한숨을 내쉬며 입을 열었다.

"눈치도 없네요! 반지 끼워달라는 거죠."

"아, 미안. 내가 너무 긴장했나 봐."

규현은 지은의 가느다란 손가락에 반지를 끼워주었다. 반지가 손가락에 끼워지는 순간, 지은은 물론이고 규현도 여러 감정이 뇌리를 스쳐 지나가는 것을 느꼈다. 두 사람은 약속이라도 한 것처럼 멍하니 서로를 향해 시선을 교환했다. 먼저 정신을 차린 건 지은이였다.

"방금 그 말."

마치 품평이라도 할 것 같은 그녀의 말에 규현은 마른침을 삼키며 그녀의 입술에 주목했다. 이윽고 앵두 같은 입술이 열렸다.

"편집자가 수정을 조금 해야 할 것 같은데요?"

그녀의 말에 규현은 미소를 지었다.

"나도 그렇게 생각해."

『작가 정규현』 완결

초대형 24시 만화방

신간 100%, 샤워실, 흡연실, 수면실(침대석), 커플석, 세탁기 완비

▪ 광명 광명사거리역점 ▪

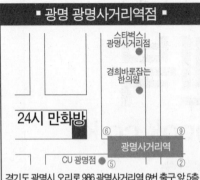

경기도 광명시 오리로 986 광명사거리역 6번 출구 앞 5층
02) 2625-9940 (솔목타워 5층)

▪ 강북 노원역점 ▪

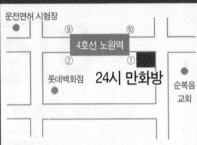

서울 노원구 상계동 340-6 노원역 1번 출구 앞 3층
02) 951-8324 (화용빌딩 3층)

▪ 일산 정발산역점 ▪

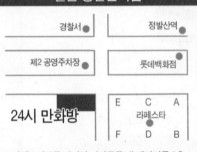

라페스타 E동 건너편 먹자골목 내 객잔건물 5층
031) 914-1957

▪ 일산 화정역점 ▪

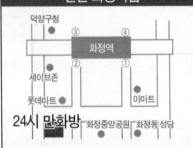

경기도 고양시 덕양구 화정동 984번지 서일빌딩 7층
031) 979-4874 (서일사우나 건물 7층)

▪ 부천 역곡역점 ▪

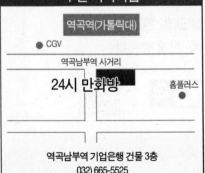

역곡남부역 기업은행 건물 3층
032) 665-5525

▪ 부평역점 ▪

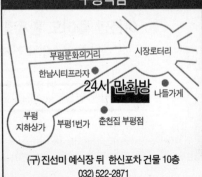

(구)진선미 예식장 뒤 한신포차 건물 10층
032) 522-2871

FUSION FANTASTIC STORY

요람 장편소설

천번의 환생끝에

환생자(幻生自).
999번의 환생 후, 천 번째 환생.
그에게 생마다 찾아오는 시대의 명령!

「아이처럼 살아라」
「아이답지 않게, 살아라」

이번 생의 시대의 명령은 한 번으로
끝날 것 같진 않은데?

"최악의 명령이군."

종잡을 수 없는 시대의 명령 속에
세상이 그를 주목하기 시작한다!

Book Publishing CHUNGEORAM

유령이 아닌 자유추구
www.chungeoram.com

한의韓醫
스페셜
리스트

가프 장편소설

FUSION FANTASTIC STORY

돌팔이 소리만 듣던 한의사 윤도.

달라지고 싶은 마음에 찾아간 중국 명의순례에서
버스 추락 사고에 휘말리고 마는데……

구사일생으로 살아 돌아온 지 30일.
전에 없던 스페셜한 능력들이 생겼다?

초짜 한의사에서 화타, 편작 뺨치는 신의로!
세상의 모든 질병과 인술 구현에 도전한다!

Book Publishing CHUNGEORAM

유행이 아닌 자유추구 -
WWW.chungeoram.com

FUSION FANTASTIC STORY

묘재 장편소설

7번째 환생

이 모든 것이 신의 장난은 아닐까.

영원한 안식이 아닌,
환생이라는 저주 아닌 저주 속에서 여섯 번째 삶이 끝났다.

"드디어 내 환생이 끝난 건가?"

그런데 뭔가, 지금까지와 다른데?

"멸망의 인도자 치우, 그대에게 신의 경고를 전하겠어요."

최치우, 새로운 7번째 삶이 시작된다!

Book Publishing CHUNGEORAM

 유행이 아닌 자유추구 -
WWW. chungeoram.com